武俠小說是一稜刀背，
幸好，
有此藏身處。

RECREATION

刀背藏身

徐皓峰

武俠短篇集

自序

紙上文章貴，毫端血淚多

標題是趙煥亭詩句，一九二二年，他將武術改稱了武功。原本帝王開疆平亂，方是武功。大家沿用他的概念，忘了他。

他一九二二年寫武俠小說，因總拿不到稿費，一九三七年前後放棄。他的第一部小說叫《奇俠精忠傳》，乾隆、嘉慶年間事，開篇寫個大雨天，兩名四品武官躲在民宅門檐下，不敲門人戶——擾民失身分。

寫一人考得了秀才，要承擔公益，要損許多「不聲不響」的錢——辦事的路費雜費都自己掏。文人有地位，到鄉里耍蠻犯渾的小吏，見來了秀才，立刻變客氣，好言好語地走了。

他是官宦子弟，年幼即隨父宦遊多省，了解官樣民情。我看他的武俠，是看人間厚道。

他因寫武俠家無存糧，夫人日憂。他逗夫人說，我們這一批學文的，都去了錢眼裡，就剩我一個了，老天不幫我，毛筆會幫我。

他拿出武俠小說初稿。寫完還不知什麼時候，夫人已忘憂，陪他聊天了。晚於他寫武俠的還珠樓主、宮白羽、王度廬，都有這樣的夫人——如果是武俠作家的命定福利，要讚老天了。

我童年住的那條京城胡同，僅一戶無文化人家，安穩低調。七十年代末，他家兒子娶妻，在胡同空地擺的酒席，客人都是外來人，席間不知何故，突然群起對罵。這場全無顧忌的粗口，震撼胡同居民，覺得天地將變。民間傳統，沒文化的人要學文人作派，杜月笙是一例。「誰學誰」的關係逆轉，便換了人間。

八十年代初，小學中學裡，一個男老師培養學生骨幹的模式，是將這個學生帶到家裡，給半杯啤酒，粗口頻發地聊天。學生不反感，反覺親近，從此合心合德。

港台武俠小說襲來時，有古人細節，似乎是份文明——多數人只是看看其中的色情。那年暑假，有同學給我送來四冊武俠小說，要求一日看完，他再轉送別的同學。他熱衷公益，冒雨而來冒雨而去。

現今的我，到了忘記大多數中小學同學名字的年紀，寫著武俠小說。北方理念，刀法是防禦技，刀背運用重於刀刃，因為人在刀背後。

武俠小說是一稜刀背，幸好，有此藏身處。

二〇一三年四月四日

平民稱貴（台灣版《刀背藏身》代序）

人的心思和性格，在於給自己設立了條件。正常人都是一個給自己留退路，給行為設立條件的人。當心變了時，不是無條件了，而是把自己的條件給變了，情感才不是空泛的，不是頭腦發熱，而是可以衡量的——如此，情感才是細膩實在的。

演員不但是演技，還有他的生命感。《紅高粱》九兒的順達，酒窯要散夥，她一個小媳婦幾句話得了人心，不是耍蠻，不是展示意志力，是說你們走了還得找活兒幹，而這裡的活兒是現成的……還開了條件，讓每人都入了股，年終有分紅。

九兒讓人喜歡，是人情通達的亮麗。

生命感，是對時代和自己的際遇，沒有大仇大恨的對抗性，而是先認了命，再尋思調整。這種人物有氣質、耐琢磨。演戲演到一定程度，都不是在演性格，而是演氣質了，發脾氣都發得讓觀眾喜歡看，而不是只讓人知道他怒了。

氣質是演員臆想人物背後的歷史地理，總結出來的生命感覺，而不是完成個事、要耍個性。

電影劇本是個不完整的文學形式，光有劇本是不夠的，劇本也完成不了電影的全部，在台詞和事件之外，還有動作設計、鏡頭情調——這些是沒法在劇本裡寫的，所以才需要導演與演員聊。

我小時候見過的老輩中國女人，多情、明白情理、能受苦也能悠哉過日子，這種女人心寬氣度大，不會遇事便急，不會恨恨不已。

遇到壞事，傳統的男人懂得歸隱，傳統的中國女人懂得「過去了」。魚死網破——這是多麼讓人難受的價值觀啊，掙扎在生死線和貧困線上的人才會有，正常人家不至於落到這個低點上。

舊時的女人辦個事有那麼多丫鬟、姑奶奶、管家幫襯，要維護自己的高貴，不跟低端的人直接打交道，別讓噁心的人噁心了自己的日子。而近年寫民國的戲，我們總是樂於讓一個女人面對流氓、奸商、貪官單打獨鬥，直接衝突地做戲——不符合真實的人際關係，戲也並不好看，大家都撕破臉皮玩低端，當然不好看。

現在的民俗書說天津是「高度平民化」的城市，但這種平民化跟石家莊、張家口的平民化不同，有特殊性，是「咱們都有來歷，誰也別跟誰稱貴」的平民化，因為清朝禁止滿漢通婚，而天津是滿漢男女私奔的去處，到了天津就沒人管了。因而天津街頭一個賣煎餅火燒的人可能出自名門，後來又是大量北洋政府高官的歸隱處。

所以天津的市民有貴氣，不是地痞流氓或小商小販式的，尤其底層女人有「貧而不賤」的貴氣，接人待物的禮儀上受過訓練。

那時候的天津打工族，銀行職員、大餐廳侍者、郵局員工是最高等級，其次是汽車行和鐘錶行的，我九十年代採訪過一個鐘錶行的營業員，那份彬彬有禮和氣派令現在的白領汗顏，一點火氣都沒有，不卑不亢，讓你覺得是跟高檔次的人打交道，一見這人，你就願意買他的手錶，覺得買他的東西是個特值得的事。

這方面可以參考的電影有希區考克的《豔賊》。寫一個女竊賊，具備辦公女性的職業氣質——訓練有素的彬彬有禮、心思機敏而儀態內斂，從而一去應聘，立刻被選上，藉工作之便而行竊。

另一個參考是山口百惠演的《古都》，一人演一對孿生姊妹，妹妹是個質樸的村姑，姊姊是高檔和服店的半個東家。姊姊的演技大有看頭，那種經過訓練後的女人儀態是低調的華麗之美。

有生活基礎、有職業訓練的人。所謂「有生活基礎」，是他不是個處於崩潰邊緣的人，遇到事情不妙，他可以退回到他的舊有生活裡去。有餘地的人物才有趣。一個人物活得沒有餘地了，便會做出動物式的情感，雖有爆發力，但畢竟太簡單了。

而一個人物有餘地有退路，則他的存在，就可玩味。

美國觀眾之所以愛看英國人演的電影，因為英國人有著美國人不具備的世故，算計得遠，每一步都有分寸感，美國人覺得這種精明勁太好看了。

但是這種精明不是市儈式的興致勃勃的精明，市儈式的精明只會讓人反感，而是帶著一份寂寞、一份疏懶，一種「活明白了，得這麼做啊」的保守主義的精明。

所以很多時候是在演一種懶洋洋的聰明、一種慢節奏的性感，愈低調地演愈好看。有一種「看穿了自己命運」的眼光，這麼一個老成的人，忽然動情了，在結尾率性而為了，一個把自己控制得太好的人，忽然控制不住了，不可避免地失誤了，所以這個人物才動人。

人生，除了「勇氣」之外，還有很多別的。「豁出去了」並不是勇氣，而是急了——這種人物也壯烈，也無聊。一個人物如果被逼到了一個「無條件反抗」的分上，我覺得也就談不上什麼性格了。

無條件，是多可怕的事啊。

目次

師父

壹

「比武的祕訣是——頭不躲。人的頭快不過人的手……」

一九三三年，天津租界，秋山街洪德里「堅村」咖啡館，一個鼻青臉腫的青年如是說。

他身後的桌位遠遠坐著一位日本女人，白底碎花和服，露一截藕白後頸。他叫耿良辰，勞工小販的短打裝束。他的同桌是兩位中年人，放在桌面上的手厚過常人，指節處的繭子銅黃，是常年打沙袋、木樁的結果。

他倆穿著長衫，質地上等。天津的武館受政要富賈支持，拳師的月薪可買百斤牛肉。看得出，他倆忍著厭惡。

「不信？你打我！來！」耿良辰離座，要他倆站起來一個。他倆互看一眼，站起一人，慢打一拳。這是試手，取消了速度力量。

耿良辰登時興奮，頭側躲，擒住那人手腕一晃，讓那人的手打上自己的臉：「看看！腕子細，脖子粗，你說手轉得快，還是頭轉得快？」

那人一臉無聊：「手！」

耿良辰呵呵笑了，父親激勵孩子的笑：「再來！」

那人狠瞪著耿良辰，再次慢打一拳，耿良辰頭不躲，出掌貼上那人肋骨，那人拳頭在他臉前停下。耿良辰：「頭沒手快，手比手快。」

那人退後兩步，抱拳作禮：「受教了。」眼中厭惡到了極點。

還坐著的一人說話，語調不卑不亢，武館裡總有這種會講場面話的人才：「半個時辰前，在武館裡，他就敗給你了。照武行規矩，對踢場子的人，不論輸贏，武館都要請客，你非要喝咖啡，我們也做到了，為何還要羞辱他？」

耿良辰：「練拳的坐一塊兒，不就是聊聊拳麼？我沒錯吧！」

「跟你再比一次！」

兩拳師怒不可遏。耿良辰反而坐回椅子，喝盡殘咖啡：「我才練了一年拳，頭不躲，難免給人打上。這個月比武多了點，門牙給打鬆了，想再比，您得過十天，容我的牙長牢點。」

「我給你鑲金牙！」

一拳師出手，頓時肋下中掌，未及呻吟，癱死過去。另一拳師忙掀起他上身，用膝蓋抵住他脊椎，手抄他下巴將脖子仰起，嘴裡進了氣，哭出一聲，如嬰兒之泣。

人醒了，四肢仍廢著，要起身還得緩一會兒。櫃台內有兩位侍者，為何日本咖啡館的侍者總是老人？遠處桌位的和服女人已站起，脂粉煞白，幾同玩偶。

耿良辰捂著嘴，盯著那拳師的救治手法，嗚嚕嚕搭話：「您這手，絕了！」拳師忙於施救，一時忘了敵我：「這算什麼？練拳的都會。你師父沒教你？」

耿良辰搖搖頭：「我那師父啊……」拳師眼中恢復了敵意，他沒再說下去，捂嘴向門走去。

身後傳來一聲：「要給你鑲金牙麼？」

咖啡館的門上鑲著毛玻璃，街面矇矓如夢。耿良辰眼中有一抹恍惚，未答話，推門而出。

貳

「你躺著，怎麼給你換床單？起來！」

「你過來，就知道怎麼換了。」

「呸！」

逗房東的二女兒有一會兒了，耿良辰躺在床上，捂著嘴。房東有三女，皆渾圓性感，漁民後代的習性，不忌男女調笑，甚至骨子裡喜歡。天津本是水城，九河匯攏處。

大女半年前嫁人，耿良辰常跟二女說，他睡過她姊姊。

房東老太太在院子裡喊了，催二女上街。耳朵眼胡同的炸糕金黃酥脆，紅豆餡嫩如鮮果，是老太太唯一的嗜口。人老，不吃晚飯，怕消化不起，夜裡難受。吃年糕在下午三點。

二女：「快別鬧了。」

她一步跨到床前，耿良辰挺身躍起。二女本能一豎小臂，護住乳房，撞進耿良辰懷裡。耿良辰如受火燙，竄到門口。占女人便宜，只到此程度。

二女：「快滾吧！」俯身換床單了。

她臀部滾滾，腰部圓圓。聽街頭的老混混講，姑娘出嫁後，腰會瘦下來——瞄著她的腰，耿良辰有種奔跑後喝水喝急了的不適感，喝一聲：「哪天你嫁人，我就在前一天睡了你！」

她沒聽見。耿良辰出門了。

他喜歡的不是她。他是個街頭租書的。

一九二二年，以《江湖奇俠傳》為啟，南方有了武俠小說。一九三三年，是「北五家」時代，還珠樓主的《蜀山劍俠傳》已現世有一段時間了，風頭正勁，除報紙連載外，以小冊子方式，寫一段售一段。

一冊字數少則兩萬多則六萬，押金兩角，租一天一分。他也出租「北五家」的白羽、鄭證因等人的小說，但主要靠還珠樓主活命。上海一戶五口之家，兩人打工，一月三十三元可得溫飽。在天津，需十四元。他是一人獨活，七元足矣。

北馬路上的一片五米長牆根，是他的營生地。那是北海樓的西牆根，北海樓是商場，三樓有茶館。天津水質鹹，不能直接飲用，自家燒水煤費高，都是去水鋪買水。茶館提供熱水，茶館是北方人的半個家，老客戶刷牙、洗腳也在裡面。

茶客租了書，拿上茶館看。還有街頭散客，天津人不願待在家裡，喜歡待在街上。

書攤家當是一架獨輪車，五個小馬紮。車上擺書，馬紮供人坐看。五個馬紮不夠，但也不多準備了，人會靠牆站著看。

耿良辰原本是個腳行，幫人搬家運貨的，是師父讓他幹了租書，因為「習武人經不起力氣活」，練拳後扛重物，精力奔瀉，等於找死。

「我那個師父啊……」去北海樓的路上，耿良辰再次感慨。他擁書七十本，是師父出的錢，可謂恩重如山，他打了八家武館，有了大人物自然而有的謙遜心理——人活著竟可如此榮耀！但近日有種莫名其妙的預感——師父在盼著他死。

「怎能這麼想？這叫忘恩負義，耿良辰，你是個小人！」他抽了自己一記耳光。天津人走在街上，跟在家裡一樣，不顧忌旁人眼光。他又自抽了一記耳光。

師父是一年前遇上的，農曆三月二十三，天宮廟會。那時，他還做腳行。腳行設有「站街」一職，監視街面，見有商家自運貨物，便呼來附近兄弟扣下，勒索高價運費，遇上夥計多的商家，總是一場群毆。腳行人都出身窮苦，有惡行也有善根，見老人摔傷街頭，會幫忙送醫；見混混調戲婦女，會阻攔。

廟會上女人多，每年都出事。晚飯時，他聽一個站街講，散廟會的時候，有對夫婦被混混盯上，跟了幾條街，因為女的漂亮。要被跟到住址，便會後患無窮。男的露了功夫，一人打七混混，都是一下倒一個，快得看不清手法。

天津武館多，對於街頭顯功夫的高人，天津人不稀罕。他卻有了好奇，想看看這女人的漂亮。天津女人時髦，緊追上海，街上漂亮的多了，原該不稀罕。

第二天早晨，他買了盒三炮台香菸，見到站街便遞一根，一個個路口串下去，光了半盒菸，找到那對男女家。

三炮台質劣，抽一口皺下眉。這個家，只有一間房，無遮無攔。一道不足膝蓋高的荊棘圍出個院子，房前一地木屑。有木匠台子，一個未刷漆的櫃子立在防雨的油布棚下。

看到了那女人。她站出門檻，把一手瓜子皮扔了，反身回屋。

陽光暴烈，瓜子皮透亮如雪花。女人小臉纖身，脖頸如荷葉稈挺拔。

跨過荊棘，站在院中，他喊：「屋裡有人麼？」女人走出，一雙眼鎮住了他。不是十六七姑娘的明眸，不是青樓女子的媚眼，如遠山，淡而確定不移。神差鬼使，他說他是來比武的。

她以拒人千里之外的神情，做出招待親朋的禮節，從屋裡端出個臉盆架，說：「洗把臉，慢慢等。我男人回來，得要一會兒。」

他洗了臉。兩個時辰後，她成了他的師娘。

半個時辰後，她男人回來，手裡拎著八十隻螃蟹。天津河多，螃蟹不值錢，買不起白麵的底層人家，螃蟹等同於野菜。

男人洗臉，她去蒸螃蟹了。螃蟹蒸好，他被打倒四十多次，眼皮腫如核桃，流著鼻血。男人停手時，額頭淌下大片汗水，有些氣喘。

街頭總有糾紛，腳行都會打架。他手黑，反應快，逢打群架就興奮，盯上一個人：追出幾條街，也要把人打趴下，被罵作「豬吃食，不撒口」。

沒想到，給人耍猴般地打了！他記起所有他不屑的混混手段，撒石灰、捅刀子、打彈弓——第一次想弄死一個人。

男人讓女人擺桌子，拍拍他肩膀，語帶歉意，說去河邊買螃蟹，受了濕氣，身上不暢快，想出出汗，便多活動了會兒。還讚他骨頭架子比例好、兩腳天生的靈活。

他憋著一股委屈，隨時會像小孩般哭出來，也像小孩般聽話。女人遞上毛巾，他乖乖洗臉，男人一遞上螃蟹，就吃了起來。

他吃了二十隻，男人吃了十隻，她吃了五十隻。

平素吃不上豬肉的人，飯量都大，幹活的日子，一個腳行一頓飯能吃兩斤米。但吃螃蟹不是嗑瓜子，她未免太能吃了——她的腰不見肥，這是女人有男人的好處。

飯後，男人說：「你這身子骨，不學拳，可惜了。跟我練吧。」他腦子蒙蒙的，當即磕頭，叫了師父。

師父叫陳識，師娘叫趙國卉。女人名中有個「國」字，實在是太大了。

北海樓西牆根，擺著他的書攤。坐在馬紮上看書的有兩個學生、一個前清老秀才。書攤邊是個茶湯攤子，一個清朝的龍嘴大銅壺。耿良辰不在時，茶湯姑娘幫他守書攤。她比他小五歲，但他總占她便宜。今天讓她看攤，是回去午睡。自從牙鬆了以後，生出老人毛病，白日裡常犯睏。

她肥腰肥腿，日本玩偶般面色雪白、瞳仁墨黑，見耿良辰過來，咧嘴一笑，露出一口齊整的牙。有一點喜歡她吧，喜歡她的牙。牙的質地和牙床的鮮紅度，顯示出她遺傳優良，有一條長長的健康的祖先譜系。

他也是健康的。練拳後，常夢見自己的肋骨，十二根肋骨潔白堅硬，如同象牙。健康是一種磁性，健康的人之間有著特殊的吸力——這是他觀察師父、師娘得出的結論。

或許，服從於健康，他和茶湯女會吸在一起，結婚生子——唉，跟她過日子，自己會很不耐煩，一定早死。臨終前，咬著她的耳朵囑咐：「我練了一輩子武，有點成就。肋骨拆下來，賣給洋人，就說是象牙。」

他的十二根肋骨，被當作小象的牙，賣了很多錢，她抽鴉片、賭博、養小白臉，仍綽綽有餘，但她人老實，只會省吃儉用地活著，成為一個高壽的老太太，一臉慈祥地死去，糟蹋了這筆錢——他無數次重複這個想法，尤其見到她面後，暗中一想，快樂無比。

發覺他一臉壞笑地盯著自己，她會叫：「你怎麼啦？」臉蛋顯出兩簇淡淡的血絲。最新鮮的蘋果和最新鮮的桃子，皮上也是這樣的血絲。

他走向她，她回去了自己的茶湯攤子。坐在書攤後，有著吃了一頓冷飯冷菜後的沮喪，看著熙攘人群，他告誡自己，振作點，還有許多武館要踢，你是一個門派的全部未來。

習武後，師父判斷練三年，他可以踢館。他的天賦比預想高，只用了一年。

天津有武館十九家，平均一所武館十來個學員，靠收學費根本無法維持。武館重要的不是學員，是師父。自民國初年，國民政府提倡武風以來，武術只促成了武俠小說熱潮，對大眾改變甚微，大眾要勞苦過活或吃喝玩樂，沒時間練武。

官員和商人給武館捐款，只為養住有名的師父。名師愈出愈多，湊成繁榮格局，歷史上名不見經傳的小拳種紛紛現世，耿良辰的師父便是個小拳種門人。

耿良辰第一次踢館的前夜，在師父家吃了頓螃蟹。師父說，不與大眾發生關係的事，也可以興盛，比如國畫、瓷器，便是富賈高官玩出來的。武術現今的處境等於國畫、瓷器，但武術不是實物，進不了「奇貨可居」的金錢遊戲。政治需求改變後，武術的興盛便會斷亡。

漫長的清朝，民間是禁武的。眼前的畸形繁榮，恰是小拳種出頭之日，機不可失——耿良辰質疑，既然斷亡是必然，趕在斷亡前出名，有何意義？

師父：「籍籍無名，愧對祖師。你現在不懂，但等我死了，只剩你了，就會明白這個『愧』字有多難受。」

師父的神色，有著長遠謀畫者的酸楚與壯志，征服了他。

武術跟科技一樣，是時代秀。明知南北都一樣，開武館收不到學員，北方官員仍組織「七虎下江南」、「九龍降羊城」的活動，讓北方拳師聯合南下授徒，做半月遊或一月遊，大造輿論。

虛名的意義何在？提倡武風已有二十年，一個持續的事物，不論虛實，總會有人不斷投入。師父練的是詠春拳，限於廣東福建，習者寥寥。師父以個人的方式，北上了。

天津是武館最多的城市，贏了這裡，便有一世之名。他漸漸體會出師父的思路：

以木匠身分入津，為摸清眾武館底細，選一個天津本地人做徒弟，可免去「南拳打北拳」的地域敏感。

只是不知師父的下一步。天津武館十九家，踢多少方止？揚名以後，如何收場？應該不會是「揚名、開館」這麼簡單，太順理成章的事情總有危險。

街面上過去一隊運貨的腳行，他們中有舊日兄弟，都沒理耿良辰。擺書的獨輪車，是腳行工具。腳行的老大叫「本屋」，腳行是一天一結帳，但跟本屋有口頭契約，一幹三年或五年，退行要賠款——耿良辰沒跟師父說，自己交了這筆錢，交了又心疼，那是賣了多年力氣攢的，用的獨輪車便沒還給腳行。

獨輪車不值錢，本屋沒追要，但行有行規，腳行兄弟從此不理他。

踢到第五家武館，很想花錢請腳行兄弟喝酒。不為炫耀，源於恐慌。他願意花光所有的錢，但知道他們不會來。

望著遠去的腳行兄弟，他抽了獨輪車一巴掌，如一記耳光。樹木山石都擋不住天敵，野外物種最大的保護，是它的群體。這個不值錢的東西，讓他成了一隻失群的羊，無躲無藏。

到晚飯時分，書攤還可以擺下去。獨輪車上掛有馬燈，十米外有路燈，都不太亮，半個時辰後，幾位散客看瘦了眼，他就掙到了一天的錢。

下來了一批茶客，茶館只提供點心、麵條，他們是去附近飯莊吃飯。其中有人還書，有人搭話：「聽說你又踢了個武館，真的假的？」

這種話，他從不理，恥於成為閒人談資。他還沒到驚動富賈高官的程度，打出來的名聲，僅對混混起作用，路過書攤，他們會鞠躬打千，眼中是真誠的佩服。但武行和混混是相互制約的兩股勢力，不能有私交。

牙，或許沒那麼鬆，是個拖延去踢第九家武館的理由——耿良辰的牙疼了起來，七八天了，他只敢喝粥，見到饅頭都犯怵。

想喝一碗茶湯。沖茶湯前，會撒下幾顆冰糖碎渣兒，滾水一沖，五步內都是甜絲絲的香氣。茶湯女在看他，她總是看他，他總是占她便宜，只要遞個眼神，她就會飛快沖一碗送來，不算錢。

他幾乎要遞出那個眼神了，一個人力車夫在茶湯攤停下。人力車是日本人的發明，人力車夫原本屬於腳行，隨著日本在天津建了造車廠，車行就從腳行分離出去，一個車行一個老大，也叫本屋。

車夫身材壯碩，娃娃臉，買了碗茶湯。耿良辰備感厭惡，轉身點馬燈了，忽覺脖梗一涼，後背肌肉收傘般收緊——這是遭遇勁敵的預感，如野獸直覺，沒踢過八家武館，他不會有。

緩緩回視。

車夫蹲著喝茶湯，低壓的氈帽帽檐下，閃著狼眼的亮光。

蹲著的姿勢，腿形鬆垮，無習武跡象。

呵呵。

耿良辰，你疑神疑鬼，說明你當小人物當得太久。記著，你是一個門派的全部未來。

參

這是一個「出師父不出徒弟」的時代，各派都有名師，都後繼無人——天津八卦掌耆老鄭山傲如是說。陳識北上天津，唯一拜訪的人是他。

揚名需要深遠策畫，「一戰成名」只屬於武俠小說，現實中，一次揚名行為的週期是三到五年，布局和善後占去大部分時間。

放耿良辰去踢館，是想好了後路。耿良辰踢到了第八家，已是天津武行能忍受的極限，將會有一位名師出面將他擊敗，維護住天津武林的體面。在這位名師的主持下，耿良辰作為一個犯亂的徒弟，被逐出天津，而連踢八家的戰績得到承認，背後的師父浮出水面，收取勝利果實，立名號開武館。

——這是小拳種博出位的運作方式，踢館者是犧牲品，一個門派立住了，一個人才毀掉了。這位承擔除亂、扶正責任的名師，是運作最關鍵的一環，得是年高德勳、各派皆服的人物，陳識選中的是鄭山傲。

鄭山傲一個人有兩個腦子，老江湖的狡猾、武痴的純真。

兩年前一次「九龍降羊城」的北拳南下，鄭山傲是九龍之首。陳識託人引薦，以晚輩身分，向鄭山傲展示了詠春拳。詠春拳只有三個套路，皆簡短，快打不足一分鐘。他打的是詠春拳的第一套拳「小念頭」，打了一半，鄭山傲便不再看，低頭喝茶，會見就此結束。

南拳不入鄭山傲法眼，引薦人備感無趣，陳識則心中有數，不再出家門。第三天，等來了鄭山傲孤身夜訪，他入門便問：「八卦掌的東西，你怎麼會？」

公諸於世的八卦掌，是走轉不停的拳術，而內部則以靜立久站來訓練，與詠春拳「小念頭」要領一致：兩腳內八字站立，大腿有緩緩夾意。

人體是天然的卸力系統，拳頭的擊打力再大，也會被肌肉彈開，最多把人打得皮開肉綻。而經過站法訓練，拳頭可產生透力，透過骨肉震傷內臟。這一站，在八卦掌叫「夾馬樁」，在詠春拳叫「二字鉗羊馬」。

真人面前不說假話。詠春拳的第三套拳叫「標指」，傷敵眼目的毒招，不能對外演練，有「標指不出門」的戒律，陳識也打給鄭山傲看了。鄭山傲變了臉色，因為跟八卦掌的「金絲抹眉」同理。

「金絲抹眉」是鄭山傲師父留給他的絕招，只用過兩次，賺下一世威名。

鄭山傲感慨：「年輕時習八卦掌，有個疑問，如此高妙之術，難道只有我家祖師一人悟到？但看了三十年，今天才看到。果真『天道不獨祕』，南方也有人悟到。」

這一夜，鄭山傲是武痴本色，跟陳識稱兄道弟。

利益上建立的友誼，常以背叛為結局；學問上建立的友誼，可以依靠。半年後，陳識北上天津，直說為揚名而來，鄭山傲就沒在飯莊請客，以免人多眼雜，給武行人物瞧見。要在日後承擔處亂、扶正的任務，便要隱瞞兩人的私交。

給陳識接風，選擇了武行人不會去的北安里俱樂部——法國人開的賭場。鄭山傲徒弟中有一位是軍閥的副官，在賭場消費可記帳，偶爾也徹夜爛賭，這天一臉嚴肅地帶陳識去了賭場內的舞廳。

舞廳有大腿舞表演，舞者多為白俄女子。俄國革命後，許多俄國貴族流亡到天津，迅速落魄。大腿舞是法國式的，還有俄國的格魯吉亞舞。

經歷了裸露程度驚人的大腿舞後，看著一位高帽長裙的舞者登場，陳識小有驚詫。長裙及地，看不到腳，舞者身形不動，行了一圈，狀如飄行。

舞者十八九歲，正在最美年齡，端莊如王后。比起大腿舞的活蹦亂跳，她僅憑行走便贏得掌聲，格外超凡脫俗。

畢竟是豔舞表演，行了五六圈後，一位男舞者扯下她的長裙，她維持著舞姿，長腿亮如銀梭。飄行的奧妙，原來是在裙子遮擋下，高頻率地小步而行，膝蓋內側肌肉如魚的游姿——陳識的眼神有了變化，鄭山傲湊過來：「看到了？」陳識點頭。鄭山傲：「走吧。」

賭場外有花園，設供人吸菸、閒聊的長椅。鄭陳二人在那裡，談出一件逆世功業。

「天下武館都是擺面子的，收不到學員，去學也受騙。我學拳的時候，師兄弟間不能有交流，師父都是單獨傳授。武館是學員們一塊練，違反千古的傳藝規矩，哪個名師會把真東西在那裡教？」

「唉，好武之風，是政客們的遊戲，習武人反而是陪著玩的。」

「我不是感慨這個。八卦門規矩，一代得真傳者不超過三人，世面上流行的八卦掌就不是八卦，我不知該叫它什麼。我看不下去，但學拳之初，已發誓守祕。自世上有了武館，二十年來，沒出過人才，因為天下武館，批發的都是假貨。」

「您那句名言——這是個出師父不出徒弟的時代，原來是在罵人。」

「老了，還罵人，就無趣了，我現今想的是別的。提倡武術從來是一件虛事，我想把它變實了。天道不獨祕，格魯吉亞舞裙下步法跟『八卦走轉』同理，這個白俄女人嚇壞了我，如果我們再不教真的，洋人早晚會研究出來，我們的子孫要永遠挨打了。」

天津的名師們不會違反守祕原則，否則會被各自的門派討伐，需要一個外來者率先犯規。二人在長椅上是同向並坐，鄭山傲轉頭，正對陳識：「如果你答應開武館傳真的，我便讓詠春拳在天津揚名。」

陳識一病七天。

第八天，鄭山傲在以做德式西餐聞名的起士林餐廳宴請他。他答應了。

他要教出一個踢館的弟子，在找到這個天才前，找到了一個女人。就在鄭山傲請客時，她是起士林餐廳的托盤姑娘，脖頸如荷花稈挺拔。他也發過守祕誓言，承諾此生只真傳兩人。他做的是欺師滅祖的決定，起士林的麵包免費，不自覺愈吃愈多，吃到第七盤，托盤姑娘說：「別吃了，我見不得占便宜沒夠的男人。」

她的眼，如遠山，淡而確定不移。

男人的偉業，總是逆世而行。逆世之心，敏感多情。鄭山傲嘆口氣，看出陳識中邪，一眼迷上了她。

她有個舅舅是教會學校的鍋爐房師傅，有個遠房舅舅供應起士林水果，所以在教會學校長大，在起士林打工。她是個無嫁妝的貧家女，最好的命運是被一個來旅遊的德國紳士看上，遠嫁歐洲。她思考過，此人不必是青年。

鄭山傲找她父母商談，她嫁給了他。

陳識家在廣東開平號稱「九十九樓」，曾是建洋樓最多的豪族，衰敗於一場兵變。家境好時，他年少體弱，為治病學了詠春拳，不料成為日後唯一的生存技能。他給南昌商人做過保鏢，在廣州警察局短暫任職，護送過去南洋的貨船⋯⋯

他有些積蓄。

他帶她住進了貧民區——這是鄭山傲的建議。

日後，當他訓練出的人開始踢館，會不斷有武行人找上家門，責問為何放任徒弟作亂，他只能回答「管不住」。自顧不暇的貧窮生活，可以博得他人原諒。

窮人都是忙人。他學會了木匠活，讓家裡呈現出愈忙愈掙不到錢的底層特徵。在鄭山傲看來，娶她是一步棋，一個好吃懶做的女人是男人最好的偽裝。

作為在世上混過一圈的人，陳識經歷過一些露水姻緣，半夜在一個女人身上醒來，總聞到自己散發著討厭的魚腥味。新婚之夜，他聞自己，是雨後林木的清爽氣。

什麼也不能對她說。只是一夜一夜地睡她。

她也不做多想。有次問她：「我怎麼樣？」她：「好。」

不如抱著她就此死了，詠春拳揚名之事，本該下一代完成。

沒想到耿良辰會出現，天意。

教給耿良辰的，都先教給了鄭山傲。成名容易，保名難，鄭山傲十五年沒比過武，日後一戰，不但要贏，還要贏得漂亮。

隔三差五，陳識以「接了修門窗的活兒」為由離家。低壓氈帽，走街串巷，確定沒碰上武行人物，才轉奔鄭山傲家，敲後門而入。

鄭山傲追根問底的武痴本色，令陳識愈教愈多，遠超過耿良辰所學。詠春拳只有三套拳，在他師爺一代，吸收了清朝水兵用的八斬刀，在狹隘船面上作戰，敵我雙方都無躲避餘地，八斬刀是一擊必殺的攻擊型刀技。

在他這一代，吸收了江西鏢師用的日月乾坤刀。走鏢路上遇土匪，要以和為貴，一旦動手，讓其「勞而無功，自愧而退」為上策。日月乾坤刀是最擅防守的刀，在一根齊胸長棍的兩頭安刀，一把略長一把略短。對敵時，兩手握棍子中部，左右輪番扇出。

手握部位裝有月牙形護手，月牙尖衝外。如果敵人兵器突破了兩頭的刀，攻到近身時，仍可用月牙對拚。

北上時，將刀拆散後裝箱攜帶。唉，為鄭山傲裝上的刀。每每看鄭山傲練得津津有味，想起北上時的豪情，陳識會一陣恍惚：這事似乎鄭山傲成了最大獲益者。

唉，愈執著，愈會為人所奪——這是詠春拳的交手口訣，也是人事規律。

日月乾坤刀一直放在鄭宅，鄭山傲練刀熱情不減，不好要回去。一日走出鄭宅，陳識忽生悔意，後悔這一天用在武術上，這一天用來陪她，該有多好。

回家路上，有人賣狗崽，叫賣詞動人：「不為掙錢，只為給狗狗找個好人家。」

陳識上前，賣狗人堆笑：「看您一臉善相，給多少錢都行！」經過一番討價還價，抱了一隻小狗走。

小狗臥於臂彎，像塊烤紅薯。他心裡暖暖的，這下好了，自己在鄭宅時，牠可以陪她。

一年後，耿良辰開始踢館，小狗也長到半個小腿高。

肆

習武人談判，放杯子的一下，是最終表態。中州、夏虞兩家武館的管事造訪陳識，問責耿良辰踢館事件。兩家武館是天津武館的翹楚，館長之下管事最大。

陳識應答的是「此徒乖張，我管不了」。兩管事放下茶杯，杯底都在茶盤沿上蹭了一下——這是要生事端的表示。

陳識知道，事態按預計的又前進一步，天津武行不會容許第九家武館被踢——鄭山傲即將出山比武。

從未去過耿良辰住所，也沒讓他請過一頓飯。不願意受他一點情，因為他是個棋盤上的棄子。送走兩管事，以遛狗為由，陳識出門，向北海樓行去，那裡有耿良辰的書攤。

最終沒走到北海樓，轉去河邊買了螃蟹。

拎著八十隻螃蟹回家，滴了一路水，解脫了負罪感：「大魚吃小魚，小魚吃蝦米。習武人活的就是『強弱生死』，既然習了武，便要認命。我如此，他憑什麼不如此？」

晚飯，陳識吃了三十隻，她吃了五十隻。

鄭山傲六十三歲，所有年輕人的惡習——熬夜、抽菸、賭博——他都有，他的體能強於青年。但他是個老人了，老人都有恐慌，難以恰到好處，往往過分。耿良辰會殘廢。

掰裂螃蟹腿的聲音刺耳，陳識三十隻螃蟹的腿都勻給了她。

此夜，很想要她，但抑制住自己。她酒足飯飽，睡得四肢開張，如浮在淺水上的一大團落葉。

耿良辰最初學拳，是因為她。最初的一天，他拎著八十隻螃蟹歸來，她坐在門檻上嗑瓜子，耿良辰看著她，正如他在起士林看她的眼神。

學拳，為看她。耿良辰心思，陳識知道，自信他練下去便會改變，拳中有尊卑。果然，他不再敢看她，因為對陳識敬意日深。

摸上她胯骨，如撫刀背。

鄭山傲是武痴，也是老江湖。名譽之戰，必下狠手。耿良辰會身死——

等他死後，再要她吧。

為了第一次見到他時，他那雙眼睛。

陳識如此許諾，猛想起自己拜師時發下的守祕誓言，如遭雷擊。天亮時分，趴上她身體，她本能地呻吟一聲。

鄭山傲在北安里俱樂部的消費，是徒弟林希文買單。林希文出師後參軍，現是山東督軍的副官，督軍在天津造了洋樓，他一月一次來津監工。

下午，陳識從後門入鄭宅，鄭山傲剛穿好衣服，準備出門。他穿著淺灰色衣褲，說這一身原本雪白，一等寧波綢緞。

林希文這次來津，帶了台攝影機，要拍鄭山傲的「少林破壁」。天下功夫出少林，少林寺有群僧習武的大型壁畫，其中對練的人形有四十多組，參透其用法，稱為「破壁」。

鄭山傲並不懂少林拳理法，只是取姿勢相近的八卦掌散招去套圖形，都套上了。這是兩月前，他在武館跟學員聊天高興了，隨手玩出來的。不料學員們如獲至寶，整理後登報，獲評「破千古之謎，惠當代百姓」。

經林希文力捧，山東督軍大感興趣，讓拍成電影帶回山東。如得督軍賞識，它可能成為軍隊的操練項目。

鄭山傲的雪白綢衣，是當年「九龍降羊城」的拳術表演服，剪裁精當，動起來尤顯身形瀟灑。鄭山傲十分喜歡，才穿過兩次。但電影膠片忌諱白色，會讓畫面不成調。只好用香灰洗成灰衣，看似一般棉布。

鄭山傲笑道：「有點心疼！」

看他興致正高，求他對耿良辰手下留情的話，陳識就沒說出口，反正日子還多，只說今天來教刀。「改日，改日。」鄭山傲走了，正門有接他的車。

美國福特轎車。因國民政府大量配用，幾乎是中國的官車。

後幾日，陳識再來，後門傭人均說鄭山傲未歸家。

日子經不起拖，陳識被叫去了中州武館，還有三位別家的館長在。

已表明自己是個管不住徒弟的師父，按理，比武帖子該直接交給耿良辰——那就是要口頭通知他，懲戒者人選是鄭山傲。

陳識坐定，這是個圓桌。沒有遞上帖子，擺上一個茶盤，五杯沏好的茶。圍坐的館長們依次拿杯。

陳識知道，這是以茶表態。如果剩給自己的茶，是最邊上的一杯，大家還是朋友。剩下的是中央一杯。

這是為敵的表示。不會有比武了，他們將不擇手段，將耿良辰除掉。

各館長看著他，只要他拿了茶杯，便是默認這事，今日會面便可結束。

陳識背上一層如霜的冷汗：「天津十九家武館，只你們幾個說了算？鄭山傲鄭老先生什麼態度？」

某館長：「擺茶，是為不說話。拿了吧。」

陳識伸手，指尖未碰到茶杯，各館長已起身離座。

伍

屋頂的瓦片，如武將的鎧甲。鄭宅是大四合套院，一個四合院、兩個三合院、一個獨門獨院的組合。一個習武的，竟可如此有錢。

後門，陳識沒有敲門，順牆翻入。

鄭山傲在家，剛穿好衣服，深色襯衫，雪白西裝。

陳識感慨：他還是喜歡白色。

鄭山傲警覺轉身，有著一流高手的凶相，隨即開口一笑，露出三顆新鑲的金牙。他以跟小伙子比賽牙剝甘蔗皮聞名，一丈長甘蔗能剝四根，一口天然好牙原是他的驕傲。

陳識沒問他出了何事，他坐下穿皮鞋，笑呵呵說：「我今天乘船出海，杭州轉廣州，去新加坡。有個人跟我走，我要去接她。你有話，咱們車上說。」

鄭宅大門掛著出售告示，停一輛福特敞篷轎車。不是官員派車，鄭山傲花錢雇的。車駛入租界。鄭山傲開言：「天津沒我這號人物了。」

傳說西南邊陲有一種叫「狗鷹」的鷹種，小鷹長大後先咬死老鷹。以前武行裡，盡是狗鷹。

習武人成名，多是打別的門派。如果自己師父有名，也可以打師父，稱作「謝師禮」。無人覺得不妥，被打的師父覺得徒弟超過自己，是祖師技藝不衰，會請客慶祝。二十年來，拳師成社會名人，輸不起了。「謝師禮」被嚴厲禁止，甚至青年人只能與同輩人比武，向前輩挑戰，被視為大逆不道。

林希文心在仕途，習武不勤。對這個徒弟，鄭山傲從未看重過。「少林破壁」是兩人對練，林希文主動當配手，換上的灰衣亦剪裁精當，動起來尤顯身形瀟灑。

鄭山傲感到一絲好笑：他想跟著自己進入歷史。

作為當世頂級武人，所拍影像必為後世重要文獻。鄭山傲誇了誇林希文：「行坐有相，已是一等衣服，動起來還有相，難上難！你花了大心思。」

林希文滿面通紅。

師徒倆身形瀟灑，站到攝影機前。「少林破壁」共四十二手，一招一招套下去就行了——一生比武四十餘次，屢歷凶險，未如今日緊張——就這樣流傳後世了？

恍然有了臨終心境，只覺一生淨是遺憾。許多事都可以做得再好點，應在五十歲前生下個孩子——套到二十多招了，鄭山傲做出「老翁撒網」式，林希文的手觸到鄭山傲肘部，應對的是「寓女推窗」。

四十二手如人生，一應一對，便過完了。鄭山傲生出一股倦怠，甚至想就此停手，不再套下去。

肘下，林希文的手拐上來，偏離了「寓女推窗」。拍攝前練習僅兩日，他還不熟，沒事，鄭山傲自信自己能調過來，絕不會讓督軍看出瑕疵……

鄭山傲醒來的時候，躺於拼在一起的兩張八仙桌上，失去了三顆門牙。攝影機已撤，站著兩個持步槍的士兵。中州武館的鄒館長坐在西牆茶座，小跑著過來。

鄭山傲起身坐於桌沿，兩腿懸著，距地半尺。

半尺，如萬仞，竟跳不下。

膠片上的影像，剪去開始時的套招，誰看都會覺得是一場真實比武。他留給後世的，是挨打的醜態。

「我是中了徒弟暗算啦？他身在軍界，不是武行人，這麼做是為什麼？」

「江湖事，事過不問因由。鄭大哥，您是老江湖，不問了吧。」

「他為了嘛？為了向督軍爭寵？」

「鄭大哥！這是你徒弟給你的。」

鄒館長手裡拿著個信封，抽出幾張銀票的上端。

遞上，鄭山傲垂頭。

鄒館長：「不要？」

鄭山傲抬頭，缺了的門牙如地獄入口：「他買走的是我一輩子的名聲，幹嘛不要？」

北安里俱樂部門口有露天咖啡座，此時未至中午，坐著三五個白俄中年男人。他們彼此不說話，擠坐在兩張小桌旁，面前各擺一杯紅茶。

鄭山傲：「這杯茶，一天都不會喝，喝了，就會被侍者趕走。如果你給他兩塊銀元，他會塞給你個事先寫好的字條，是他家住址，可以去睡他老婆、女兒。」

俄國舊貴族在天津落魄至此。鄭山傲也是舊貴族，清朝頂級武將後裔。曾祖父死於舟山群島，一場與英國海軍的戰役，獲「銳勇巴圖魯」賜號。巴圖魯，是滿語的「勇士」。

他是一個有祖產的人。祖產僅剩那所套院。

要接的人，住俱樂部地下室。賭場技師和廚師酬勞高，在外有家，那是侍者和舞女的住處。

是個白俄女子，裹著老婦人的黑頭巾。陳識一眼看出，她是跳格魯吉亞長裙舞的姑娘，膝蓋內側肌肉如魚的游姿。

她沒淪落到父親在門口喝紅茶的地步，帶她走，應需一筆錢。

她跟著鄭山傲坐上汽車，中國婦女般儀態端淑。陳識有些傷感開了句玩笑：「高明！既然阻止不了洋人破解我們的武術，就把洋人娶了。」

鄭山傲朗聲大笑。

陳識：「鄭大哥，提防白俄女，你倆差著年齡，小心她騙走你養老錢。」盯著白俄女眼睛說的，有警告意味。這是他為鄭山傲唯一能做的事了，之後，或許便此生絕緣。

白俄女會說幾句中文禮貌語，目光炯炯直視陳識，瞳孔湖藍色，漂亮得如教堂正午時分的彩繪玻璃，不知有沒有聽懂。

鄭山傲轉頭看她，父親看女兒的愜意，緩了一下神，領悟陳識的用意：「她從小受窮，當然會很自私。但男人的錢，不就是讓女人騙的麼？」

陳識一愣，隨即一笑。與其矚望於主義、憲法、佛道，不如矚望於小孩和婦女。

鄭山傲迎著一笑，笑容收斂後，是一張老江湖的審慎嘴臉：「別想揚名，回廣州吧。如果好心，帶你徒弟走。」

陸

耿良辰坐在書攤前，看著糟亂的街面。昨天，他做了件缺德事。他的牙，長牢了些，白日犯睏的老人病仍沒去。昨日正午，託茶湯姑娘看書攤，回去午睡，卻沒回關家，去了西水凹。

師父是南方人，只知螃蟹是河裡撈的，哪知道上等螃蟹是田裡捉的。西水凹有片高粱地，高粱熟時，螃蟹成批上岸，一棵高粱稈上能掛四五隻。

西水凹螃蟹肥實，水裡岸上都得好。耿良辰買了八十隻。

師父家在南泥沽，去時師父不在，師娘在屋裡睡覺。天津人一般不睡燒火的土炕，用箱子、床板搭成土炕形的木炕。能並排睡五六人才稱「炕」，白天擺上桌子，吃飯、做活都在炕面，所以要採光好，都是貼窗而建。

窗高兩尺，上格一尺五，蒙半透光的高麗紙，下格五寸，鑲玻璃——是割來的舊玻璃，到底師父從哪兒割來的，倒閉店鋪的舊窗？洋人丟棄的酒櫃？酒櫃有玻璃門——她的臉，在這塊玻璃裡裝得滿滿。

耿良辰落荒而逃。八十隻螃蟹，扔給路邊玩土的小孩。

回到關家住所，才敢想她的睡容。她處於嬰兒的深度睡眠，暗暗發育。她嘴角隱含笑容，不是小女孩的得意，是天宮裡天娘娘的恬靜之笑，對海洋眾生的宏大賜福……

他躺在床上，如遭肢解，夜晚來臨，也不知覺。

街燈亮起一段時間後，茶湯女把他的七十本書拎上來。雖然一塊銀元厚薄的小冊子居多，但還得感嘆，她真有勁兒啊。

這不是她第一次幫他收攤，如多年夫妻，他總是占她便宜。她把左手一摞書摔在門口：「快起來！自己收拾！」

他一動不動：「還是你代勞吧。」

她右手拎著到床前，喝一聲，預計他會躲開，衝他腦袋砸下去。

他沒躲。書有些重量，抬手捂住嘴，似乎牙又鬆了。她慌手慌腳地給他揉臉，幾乎鑽在他懷裡。原本很黑的瞳孔又深了一分，如名硯古墨研出的墨汁。

他以掌根頂起她肩頭：「沒事。給你看樣好玩的。」

走到門口，將門再打開些，掀開牆邊一塊破毛毯，取出疊木架，搭於門頂，自左右垂下。

門的厚度面正對他臉，橫出四根棍子，居於垂線三點。最高一點並排兩根，直指他胸口。下面一點一根，直衝小腹。再下一點，一根傾斜的棍子，下指小腿。

四根棍子代表敵人四種攻擊，對之可練習反擊手法。

四棍固定安在木樁上的叫「打樁」，隨掛隨拆地掛在門上的叫「拆樁」。打樁還須綁上半濕毛巾，以磨練打擊力度；拆樁是鬆鬆垮垮掛著，對之無法用力，練的是反擊角度變化。

久玩拆樁：身形轉折伶俐如蛇。

它是詠春拳祕傳，因掛在半開的門上，耿良辰只在走廊無人的深夜練習，輕碰輕挨，靜默無聲。此刻打給她看，故意加速，手骨碰棍，一串敲核桃的脆響。

驚動了關家二女，她自樓梯走下，喝道：「傻兄弟，鬧什麼呢？」

「滾吧你！」撳下拆樁，關上門，正對茶湯女黑透的眼仁。

剛才是取悅她。他對女人所知不多，只是半抱不抱地碰過關家二女，忽想結結實實地抱住她。

他的手快，第一下按上她右腰眼，第二下捉住她兩片肩胛中間的脊骨——這是擒拿手法，是要打她麼？她小鹿般原地一蹦，兩手交叉，卡住他喉嚨。

她的瞳孔因憤怒，黑過了肉質極限，呈現玉石質地。

他的手滑落。她奪門而出，關家二女還在門外。

喉嚨生疼，他認真思索：這是詠春拳的交剪手，她怎麼會？看了拆樁，學會的？師父說過「天道不獨祕」，難道是女人天生會的……

關家二女似乎對他開罵了。他關上了門。

坐在書攤前，耿良辰判定自己昨天做了件缺德事，看向茶湯攤。她瞪著他，不知是一直看著他，還是預感到他目光將至，先他一秒瞪過來。

她的瞳孔，不是昨天的玉石硬度，似宣紙上濕潤的兩粒墨點。

他知道，兩粒墨點擊碎了那塊割來的舊玻璃，滲透了他。

柒

陳識行至北海樓。轉牆即是耿良辰書攤。

鄭山傲不再能提供保護，武行的懲戒必來。他出身腳行，藏身於腳行運貨車，是逃離之法。

北海樓共三層，一層是有名的環行圍欄，出租商鋪，幾步便是一個門口。三位拳師模樣的人自一個門口走出，攔住了他：「陳師父，中州武館請您樓上喝茶。」習武人活的是「強弱生死」四字，平時為養精氣神，得懶且懶，所以武行辦事歷來拖沓。懲戒耿良辰，起碼是兩天以後的事，不想來得這麼快。

三樓茶館沒有單間，堂而皇之地坐著一夥武人，茶客們悠然自得，沒人在意。中州武館鄒館長欠身作禮，請陳識落座。

陳識：「我們師徒離開天津，永不再回。能否放過他？」

鄒館長：「他離開，你留下。你徒弟踢了八家武館，我們就連師父帶徒弟地趕走——顯得我們霸道，外人會說天津這地方不文明！所以你留下，我們支持你開間武館。至少開一年，大家都有面子。」

陳識：「一年後？」

鄒館長：「你走，不攔。」

茶館在三樓，憑窗可見書攤，耿良辰正走向旁邊的茶湯攤。

鄒館長一笑：「我們是武行，不是政客，不是黑幫。他活著離開，有傷無殘。」

陳識垂首飲茶，掩飾喘出了一口長氣。

耿良辰不是衝她去，衝娃娃臉車夫。他來了一次便總來，氈帽下的狼眼盯著她。他還不敢跟她搭話，但已足夠討厭。

耿良辰一腳踹飛他手中茶碗。

娃娃臉掃了自己的車一眼，車夫都會在車底藏打架傢伙。各行有各行的傢伙，混混用斧子把，腳夫用獨輪車撐桿，車夫用一截廢車把子。街頭打架不見鐵器，都是木棒，免出人命。

耿良辰：「以後，你別再來。」

娃娃臉：「憑什麼？」

耿良辰：「看你不順眼。」這是欺負人的話，也是心裡話，自打第一次見，車夫便給他一種不祥之感，「不服氣，打聽打聽，我是踢了八家武館的耿良辰。」

說得自己都有些瞧不起自己，至於提這個麼？

娃娃臉服軟，拉車走了。

原想把一碗茶湯錢賠給他。但他走得急，手掏到兜裡還沒碰到錢，人已在三十米外。耿良辰想喊沒喊出口，勸自己：街上每天都有欺負人的事，我欺負一回，又怎麼了？

看向茶湯女，她氣憤而立，眉尖一道花蕊似的怒紋。

耿良辰：「我不是壞你生意，那小子……你要不要回家睡個午覺？我幫你看攤。」

她：「要！」

她走了。耿良辰忽然很想練拳，哪怕只打幾下。

一隊腳行兄弟推貨車而過。他忍住了。

五人喝茶湯，六人看書。耿良辰感嘆中午生意好，轉眼又見那個娃娃臉車夫。他拉車自街西而來，車上坐著一位軍官，徑直到來，點了一碗茶湯。

軍官劍眉鷹鼻，氣勢壓人：「書攤也是你的？還珠樓主有新出的小冊子麼？有，就拿來瞧瞧。」

新冊才八千字，據說還珠樓主現在廣西旅遊，文字用電報打給書局，電報費可買一套床、櫃、桌、椅共三十五件的嘉慶年間紅木家具。

耿良辰去了書攤。新冊在一個坐馬紮的散客手中，耿良辰彎下腰：「有位軍爺想看，估計就喝茶湯時翻兩頁，您勻他一會兒？」散客眼窄如刀，眼神不善，耿良辰補上一句：「要不這樣，您今天白看了，看幾本是幾本，不收租金。」

散客遞書，耿良辰接過。散客手指離書，一下扣住耿良辰腕子。另五個看書散客圍上，人疊人將耿良辰撲倒。

被壓在地，耿良辰才反應過來，猛力一掙，人堆顛開道縫。茶湯攤的六個吃客跑上來，硬底皮鞋一頓亂踹。耿良辰口鼻出血，終於動彈不得，感慨：中了算計！幸虧茶湯女走了，我這狼狽相，怎好讓她看見？

街上看熱鬧的人裡有腳行兄弟、有佩服他的混混。一輛福特轎車停住，司機下來打開後門，那夥人架起耿良辰向車走去。街面鴉雀無聲。

車頂及胸。耿良辰硬是不彎腰，這夥人連罵帶打，弄了半分鐘也沒將他塞進後座。混混們爆發出叫好聲，腳行兄弟也有人喊：「小耿，要不要幫忙？」

耿良辰爽快大笑：「不用！」一想起茶湯女昨夜從自己懷裡掙脫的樣子，身子一顛，猛地抽出了左臂。

有一隻手，就好了。近距離頻繁變化角度的穿透技巧，是詠春拳所長。切頸襲眼，瞬間倒下三人。

軍官和娃娃臉不急不緩地並排走來。又倒下兩人，餘下的人仍死死擠住。

娃娃臉揪開耿良辰身前的一人，軍官搶步邁上，兩枚匕首插入耿良辰腹部，像在自家門前，把鑰匙插進鎖裡。

耿良辰的腰彎下，肩膀被人一推，跌到車座上。

捌

三樓茶館，安閒依舊。

洋人報紙說中國飯館、茶館吵鬧不堪，無國民素質——這是異化寫法，不符事實。各國的底層飯館都喧嚣如集市，因為本就是集市性質。中國高檔場合以無聲為雅，飯館、茶館清靜如夜。

憑窗下望，見不到匕首細節。

福特轎車開走，腳行和混混隨著圍觀群眾散去。書攤和茶湯攤無人管，也無人去動，天津畢竟是文明之地。

鄒館長：「武術只在武館裡有用，在街上沒用，人堆人地一壓，多高功夫也使不出。」一腔調空洞，游離出一絲沮喪。

陳識：「他是天津人，天津人都戀家。」

鄒館長：「別怨我，懲戒他的不是武行人，是軍人。」

那位軍官是林希文，搶了本該武行人做的事，在街頭親自動手，是一種表態——表明天津武行的靠山以後是山東督軍。

鄒館長：「以前，是直隸督軍。我們這一代習武人，都是客廳裡擺的瓷器，一碰即碎，不能實用，只是主人家地位的象徵。」

天津是海運大港，以走私槍枝、藥品聞名，山東督軍插手天津，是看上這塊利益。捐助武館，不過九牛一毛，既有政績又得口碑，何樂不為？

鄒館長：「民國初建時，軍人聲譽好，民眾早已不相信士紳、官僚，希望軍人能改變世道。二十年來，我看著軍隊一步步敗壞，看著習武人淪為玩物而不自知。」

「軍人的底牌是搶錢、搶地盤，不辦實政，只搞運動。以運動迷惑百姓，所謂振奮民心。張作霖搞拜祭孔子運動、吳佩孚搞恢復古禮運動，得了鄉紳支持，也遭了學生罵。所有運動裡，提倡武術最保險，無牽無掛，四處賣好。」

習武人在清朝是走鏢護院的窮苦底層，武館是民國才有的新事物。「我師父一代人，絕想不到我這一代人會如此富裕。我們有錢了，回不了頭啦。」鄒館長舉杯飲茶。陳識也飲。入口，才知茶涼了很久，但兩人都嚥了下去。

福特轎車出津向西。林希文摘掉軍官帽，親自開車。後座，娃娃臉和另一個喬裝的軍人夾著耿良辰而坐。

插入腹部的匕首，柄長六寸，刃僅四寸，刺不破肝膽。這樣的匕首，本不為殺人，為將人制住。匕首不能拔，否則腸子會流出，傷口捂上了手絹，血已凝結。

耿良辰老實坐著，沿途唯一說過的話是「開穩點」。林希文回答：「路面不好。」天津西方，是廊坊。廊坊有火車站，可北上南下。

未至廊坊，車停下，離津二十里。耿良辰被架下車，三百米外有座青磚教堂，隱約可見牆體上的雙獅子浮雕，不知是哪國標誌。

林希文：「教堂裡有醫科，去求醫吧。走快了，匕首會劃爛腸子。你打傷我五個人，逼你慢走一段路，算我對你的懲戒。」

耿良辰：「小意思。」

林希文：「治好傷，到廊坊坐火車，南下北上，永不要回天津——這是武行對你的懲戒。」

耿良辰：「我哪兒都不去。」

林希文：「我在山東殺人二百，土匪、刁民。」

耿良辰：「我在天津活了二十六年，一受嚇唬，就不要朋友、不要家了，我還算個人麼？到別的地方，我能有臉活麼？」

林希文手指天津方向：「天津人討厭，是光嘴硬。你要讓我瞧得起你，就往天津跑五十步。」

娃娃臉綻出揶揄的笑，暗讚林希文有政治天賦。耿良辰望向天津，一片鉛灰塵霧，似一無所有。

他是一戶窮人家的長子，生於天津，十五歲被父親趕出門，要他自尋活路。這個家，再沒回過。後來聽說，父母帶著幾個弟妹去了更容易生存的鄉下。他是他家留在天津唯一的人。

林希文感到無聊，開門坐到車裡。兩個手下忙鬆開耿良辰，跑上車。

沙屏騰起，轎車掉頭駛向天津。娃娃臉開車，另一手下坐副座，林希文獨在後座。車內殘留著血腥味，讓林希文很不舒服，他從不吸菸，命副座手下點根菸，破破氣味。

生命如此無聊，令每個人都變得下賤。林希文也二十六歲，還未見過一個高貴的人。督軍不是，師父也不是，他倆是強者和聰明人。

頭枕靠背，只想睡去。娃娃臉卻叫起來：「頭兒，看那是什麼！」

後視鏡中，一個渺小人影正奮力追來。

林希文扭頭，從後車窗望去，耿良辰摔倒在土塵中。

娃娃臉：「頭兒，要不要停車？」

林希文：「這麼跑，活不成了。」耿良辰未爬起來，漸去漸遠，近乎車窗上的一個污點。身子轉回，林希文嘀咕聲「蠢貨」，卻感到有些難過——

或許，他是個高貴的人。

在副座手下眼中，林希文睡著了。

街燈亮起，茶湯女還未收攤。

她中午沒睡覺，給耿良辰做了飯，回北海樓時聽他被捉走，心存萬一的可能，想他解決糾紛後即會回來。

有過幾次倒地昏厥，但二十里路畢竟不長。耿良辰走回了天津，腰包一條破氈布，掩著匕首。每日有七百多噸蔬菜進津，氈布是沿途運菜車上抽下來的，蓋菜筐的。

走回天津的動力，是想一直走到茶湯女跟前，要一碗茶湯，喝完說：「拆椿是詠春拳祕密，幫個忙，去我家把它劈了吧。」語音未落，倒地身亡。

——這是他所能想到的「生於天津，死於天津」的最好結局，但真見到她，卻覺得這個想法多麼不適合自己。

他在距北海樓七十米遠的街口，扒著牆邊望著她。他知道自己臉色灰黑、五官走形，這樣子不配死在她面前——男人何必死在女人面前？

不嚇唬她了。

耿良辰狠看她一眼，轉身離去。她是這輩子記下的人，下輩子碰上，要認出她。

走得愈遠愈好，直走到賣炸糕的耳朵眼胡同。能走這麼遠，很容易產生「難道活下來了」的幻覺。耿良辰捂嘴，鬆的牙似乎長牢了。

街面上，八九個腳行兄弟推著五米長的木架車，車上綁著三層貨箱，是正興德茶莊拒收的「疲貨」，要連夜退給茶廠。

正興德鑑定茶葉分「奇、鮮、厚、疲」四個等級，疲貨是不堪入口的下品。「我是疲貨了。」耿良辰自嘲一笑，趕上去，在車側擠出個位置。

有個腳行兄弟認識他：「小耿，你不是我們的人了。」耿良辰：「我今晚離開天津，就讓我推一會兒吧。」

推出百米，他自車側滑倒，如張紙飄落在地。

玖

北方習俗，未結婚的青年男子死亡，是大凶之事，不能出殯。耿良辰是在夜裡埋的。墳場在西水凹，附近的高粱地產螃蟹。多數腳行一輩子無妻無子，死後都埋那。腳行終將耿良辰認作了自己人。

鄒館長通知，林副官申請下了陳識開武館的經費，勸他搬離貧民區，找個像樣點的住宅。陳識說：「住慣了，不想動。」

鄒館長勸他：「北上揚名的壯志，得來一個裝裝樣子的結果，換作我，也對什麼都沒興致了。但活著，不就是裝裝樣子麼？你有女人，全當陪女人玩了。」

或許是對耿良辰之死的補償，林希文給陳識定下的武館開在繁華的東門裡大街，臨街大廳有二百四十平方米。原是一家老字號藥店，後身是兩重院落，二十二間房。藥店要存貨製藥，院子開闊，正好聚眾習武。

鄒館長擔起開館籌備事宜，對瑣碎雜事亦親力親為，忙了二十多天，氣色日佳，似有極大樂趣。

他親筆寫出開館日流程表，字跡娟秀工整，除了傳統禮儀，還有放電影一項。是影后胡蝶主演的武打片《火燒紅蓮寺》系列新拍出的一集，參加開館儀式的有十一位館長，對此均表歡迎。

開館前日，陳識去了英租界「思慶永」錢莊，取消了租用的一個密碼抽屜。去小白樓當鋪贖出一隻皮箱，裡面有兩身藍呢西服、兩雙黃牛皮鞋——隱在貧民區，不便有高檔衣物，當鋪對服裝有晾曬防蟲義務，利息不高，在贖得起本金的情況下，是最好的存物處。

最後去西水凹買了八十隻螃蟹。葬耿良辰時，聽腳行聊天，才知螃蟹吃高粱。

他還住南泥沽，他吃了三十隻，她吃了五十隻。清理好飯桌後，準備跟她說話，才想起很少跟她說話。一年來，她如他的一條胳膊般跟他在一起。

將皮箱擺上桌，西服皮鞋下面，有一疊銀票、一盒珍珠。珍珠未穿孔，五十多顆，是他二十多歲做貨船護衛，在南洋所得。又放上一張南下青島的火車票，在青島可轉去廣州。

他：「這是我全部積蓄，交給你了。明天在火車站等我，我到時不來，你上車走。到了青島不必去廣州，再去哪裡，隨便你。」

她收珍珠時，眼眶微紅，小有感動。原本期待她給他一個很好的晚上，但螃蟹飽得難受，躺到床上，一會兒便各自側臥，昏昏睡去。

第二天，陳識出門前，想想還是要對她說番話。

「大清給洋人欺負得太慘，國人趨向自輕自賤。到建立民國，政府裡有高人，知道重建民眾自信的重要，但高人沒有高招，提倡武術，是壞棋。

「在一個科技昌明的時代，民族自信應苦於科技。我們造不出一流槍砲，也造不出火車輪船，所以拿武術來替代。練一輩子功夫，一顆子彈就報銷了，武術帶給一個民族的，不是自信，而是自欺。

「開武館，等於行騙——這是我今天開館要說的話，武行人該醒醒啦！」

她小有感動，眼眶微紅，昨夜收珍珠的樣子。唉，她還不習慣聽他說話，以致反應如此單一。

陳識走出門去。

跟她說的話，不會在開館儀式上說，因為館長們全知道。

裝裝樣子，大家滿意。一套程序走下來，陳識竟有「功成名就」的愜意，似乎一年前的北上之志已全部實現。

儀式下午一點開始，最後一項是晚宴，安排在晚上九點，去宮北大街飯莊。晚宴需晚裝，預留出大家回家換衣、往赴車程的時間，館內儀式要在六點前結束。倒數第二項是放電影，在四點半開始，就在大廳。

祖師神龕前掛起銀幕，橫向擺了四排椅子。林希文身居軍職為最尊者，首排居中，各館長論資排輩一一落座。武館改裝不多，作為原藥店大廳，封上門板、窗板後，即一片漆黑。

正片之前，有加片。竟是林希文打鄭山傲，時長一分四十秒，打只有二十來秒，前後都是字幕，以林希文口吻，片頭交代比武的時間、地點、見證人，片尾分析自己比武的勝因，是王羲之行書字體，灑脫多變。

偷襲的痕跡已被剪掉，只見鄭山傲肋下挨了一掌後，急速反擊，指尖碰到林希文眉弓，不知是後勁不續，還是在鏡頭看不到的角度林希文有一招應對，他竟然停住。林希文趁機一記重拳打上鄭山傲下巴，一招得手，立刻跟上五六拳，下下中臉。

鄭山傲挨第一拳時神志已失，只是仗著多年功力而不倒，口鼻出血後，突然亮出一個漂亮之極的身姿，後撤三米。可惜只是靈光一現，林希文追上，左右開弓如洋人的拳擊。挨到第十拳，鄭山傲終於不支，半扇死豬肉般拍在地上。

鄭山傲的敗因，是襲上林希文眉弓的手停了。陳識知道，那是八卦掌毒招「金絲抹眉」，他狠不下心瞎徒弟的眼睛。

大廳燈光亮起，放映員換《火燒紅蓮寺》片盒。各館長或低頭玩手或仰看大梁，閃避他人視線，但一念共通——皆明林希文放片的用意。

以前是軍閥捐錢，武人自治，軍界人物不入武行。林希文將破壞這默契，有打敗鄭山傲的戰績，當然有武行地位，他將以雙重身分，接管天津武行。各武館將變質為他的私家幫傭，武行名存實亡。

二十年來，眼看著軍隊掏空了政府、國會、商會、鐵路、銀行——大勢所趨，小小不言的武行怎能僥倖獨存？館長們心下黯然，老實坐著，等待胡蝶新片。

陳識今日是館長，作為一地之主，陪坐在林希文右側。他突然站起前行，掀開銀幕，從祖師神龕上取出一柄刀。

日月乾坤刀。陳識：「有武館，便有踢館的，我來踢館吧。誰接呢？今日我是館長，只好自己接自己了。哈哈。」

場面不祥。總有自以為是人物的人，一館長起身打圓場：「哈哈，您這是逗哪門子的樂子啊——」旁座人制止了他。

陳識：「我徒弟打了八家武館，我想打第九家。鄒館長，你接麼？」鄒館長陪坐在林希文左側，笑笑，不接話。

陳識：「哪位接？」館長們皆沉默。

陳識走到林希文面前：「你是打敗鄭山傲的人，你接？」

林希文苦笑，自己用功不勤，真沒有起身比武的豪情。但此人氣勢不足，一人挑戰全武行的壯舉，並不令自己佩服，反倒顯得古怪。

林希文：「別不識抬舉，你想清楚自己要幹什麼了嗎？」

這個比自己小十幾歲的人，有著鋒利的眉形和高隆的額頭，似乎在人種上優於一切人，占據著歷史的高點。陳識片刻迷惘，新生代的惡行往往是歷史演進的手段，誰也猜不透歷史的終極，所以誰也沒有評判權。善惡是無法評判的……

理想失落後，施暴是一種補償。壯舉都有一個自慚形穢的來源，許久以來，在我心中，耿良辰只是揚名大業的一個犧牲品，和眼前這些人一樣，期盼他早日毀滅。

與一年前謀畫北上揚名一樣，謀畫了一個月的開館日復仇，事到臨頭，便顯得可笑。封門大戰，以寡擊眾，力盡而亡——只屬於臨睡前的熱血沸騰，難道真要砍死砍傷眼前這些人麼？

鄒館長離座，走到陳識面前，試著將手伸向刀柄：「陳老弟，放下刀。喪徒之痛，我們都體諒，只當你跟大夥開了個玩笑。」

陳識後腰冒出一層汗，有著大戰過後的乏力感。鄒館長安慰：「林副官也不會在意。」餘光中，林希文點了下頭。

鄒館長取下他手中的刀，將他送回座位。

日月乾坤刀兩端都有刀頭，鄒館長不知該如何擺放，靠牆，放桌子上，似乎都不對。陳識：「得拆開。給我吧。」伸出手，鄒館長猶豫一下，把刀遞給他。

陳識低頭拆刀，旁座人片刻緊張，隨即放鬆下來。林希文好奇觀看，脖頸幾次湊到刀鋒前。

日月乾坤刀是天下最善防守的刀，而自己沒有守住做人的底線——一顆眼淚落在刀面上，如一顆平日保養刀用的桐油。

拇指一推，將這顆眼淚桐油般推展出去，永遠滲在刀面裡。

旁座人都見他落了淚，便不再看了。

刀拆成了兩把短刀、兩個月牙鈎、一根齊胸棍。鄒館長問林希文：「放片子吧？」林希文：「嗯。」

大廳黑下。銀幕出現《火燒紅蓮寺》的魏碑字體，字形取法於一千五百年前的古碑，而當代的書寫者摻雜己意，半寫半畫，賣弄過多。

黑暗中突然一陣椅倒桌翻的亂響。

燈亮起，只見以鄒館長為首的五六位館長將陳識壓在地上。

眾人將陳識架起，仍死死擠住，夾臂別腿。鄒館長脫身出來，向林希文解釋：「他精神不正常，怕安靜一會兒又生亂子，他就坐您身邊，大夥不放心啊。」

林希文笑笑，對他人向自己賣好，久已生厭。看著眼前這夥人，不由得有些想耿良辰，唉，他如活著，武行能有趣些。

林希文走到陳識跟前，很想對他說：「你徒弟不是我殺的，是他自己脾氣大。」但見陳識眼中盡是血絲，真如瘋癲之人，便沒說。不好處置啊，該投進監獄，還是送回他老婆身邊……

正想著，陳識左臂脫出，掄了一下，迅速被旁人抄住，按回人堆裡。

瞬間，林希文覺得自己似乎什麼都明白了，又似乎什麼都不明白。他捂著脖子，走出十五步，倒下時充滿遺憾：如果血噴得慢一點，便可知許多答案。

他頸部動脈被切開。

剛才，陳識左手握著日月乾坤刀拆下的一把短刀。

記不清手中刀是被壓在地上時隨手抓的，還是被架起後，有人塞進手裡的。現在，他已失去那把刀。卸刀的手法高明，剛有感覺，手已空了，究竟是哪派武學？

人堆有一絲鬆動。詠春拳抖脊椎發力的技法叫「膀手」，左右膀手齊出，一人受撞而倒。如倒了堵牆，陳識掙出人堆，奔向大門。

拾

東門裡大街，對著那所新開的武館，陳識的女人已望了很久。沒按囑咐去火車站，因為一個信念：如果自己在他兩百米內，他就不會死。

有件事從未跟他說過，她有過一個孩子。十五歲在教會學校，跟教地理課的美國教師發生了關係。到底是喜歡還是被迫？當時心智未熟，已追究不清。

那名教師是第二代美國人，有匈牙利和白俄血統。小孩生下就讓人販子抱走，只見到排出的胎糞，墨綠色，如一片捲起的柳樹葉。

據說初生的嬰兒都很醜，她在十七歲的一天，忽然想起了這個小醜，一想便斷不下念頭，想得漸近瘋狂。舅舅送她入寺廟，領受《大勢至菩薩念佛圓通章》，老和尚告訴她：你永遠不會失去你的孩子，只要你憶念你的孩子，孩子便會出現。在漫長的輪迴轉世中，一位母親的堅固憶念，超過菩薩神力，即便是佛陀，也不能阻擋母子生生相見。

《圓通章》開示，女性思子的憶念力轉而念佛，必獲大成就。

她沒有轉而念佛，只是憶念自己的孩子。現在，她轉而憶念他。

這個人突然來臨，突然改變了她的生活。女人總要跟著一個人生活，她順從了老天的安排。他給她的衣服，還沒有起士林餐廳給她的好；他沉默寡言，只在晚上一味地睡她。到底是喜歡還是被迫？她懶得追究。

她只是跟他活在一起，他出門後，她有許多自己的事忙。

一天他從街上帶回隻小狗，從此她用來實驗自己的憶念力。據說小狗最多可有四歲小孩的智商，還可感受到遊逛的神鬼。

兩百米的範圍內，她起心動念，小狗掉頭便回——她不太自信，或許只是小狗觀察到她的神情或她不自覺的什麼動作。

但在東門裡大街，她必須自信。只要她在，他就得活著。

她坐在一間麵包房門內。麵包房一般會設兩個座位，供客人臨時用餐。客人都很自覺，三五分鐘吃完即走。她已坐了四小時，腳下是皮箱和小狗，雖然買了三次麵包，仍不能減輕服務員對她的厭惡。

或許今天他出門前的話改變了一切。她知道，那是些空話，但她確定了自己對他，不是被迫而是喜歡。

武館封了門板、窗板，全然是一間關門的藥鋪。突然，十來塊門板崩開，甩出一把筷子般跌到街面。陳識竄出，一幫人追逐著他，向天后宮方向而去。

她自麵包房跑出。

趕了兩條街，已看不到陳識和追他的人，腳腕累得如剛炸好的油條，一掰即斷。起心動念，小狗「嗷嗷」叫著，丟下她，飛速前奔，消失於人流中。

曾用兩夜時間，熟悉東門裡大街地形。陳識衝火車站相反的方向逃逸，穿街走巷，兜了一個自北向東的大圈，終於甩掉追逐者，按標準上車時間，趕至車站。

一個月的謀畫，大多用上了。只是沒有計畫裡「了斷恩仇」的亢奮。站台上，沒有她。

想起鄭山傲的話「男人的錢，不就是讓女人騙的麼？」陳識笑了，轉頭見家養的小狗一道煙跑來。抄起抱入懷中，牠火爐般熱。

她換了車票，乘更早一班火車而去，丟下了牠——乘務員催促上車。他把狗塞入衣襟下擺，混上了車。坐下後，狗叫起來，他沒考慮，便掏出牠。鄰座是個洋人，大聲訓斥，說車廂內不能帶寵物。

陳識閃出殺人的眼光。洋人收聲，起身離座，去找乘務員了。

撫著小狗，火車開動。永遠離開了天津。

國士

壹

「我還有一天。」

郝遠卿步入刨冰店時，內心如是說。

一九二八年的南京十月，國考正隆。國考全稱全國國術考試，「國術」一詞是主辦方發明，排除琴棋書畫中醫曲藝，自此只有武術可稱國術。

他三十二歲，畢業於保定陸軍軍官學校，一年前在中央軍事學校長沙分校任教官，因「思想落後」遭學生牴觸而離職。

國考分為三組，組內抽籤對打，雙敗淘汰制，不按體重分級，沒有統一護具。三十二歲，站在擂台上，有著嚴重恥辱感，他的對手多是小他十歲的人。

好在結果好，國考賦予前三名以「國士、俠士、武士」稱號。國士，一國最優人才，《史記》中是輔佐劉邦打下漢朝天下的戰神韓信，所謂「國士無雙」。

國士。

還有一天。

可以洗刷三十二年的所有不快……

明天他將與另兩組的優勝者，確定三士歸屬。自從遇到她，便開始轉運了，國士必為他所有。

國考執行部安排有選手招待所，但選手多是師兄師弟裹挾而來，得本地富紳政要資助，一入南京，便移遷高級賓館。他是一人而來，空蕩蕩招待所裡，僅幾個鄉野拳手，實在俚陋，說不上話。

沿街閒逛，望見了她。

她是個小臉長身的女人，垂地黑裙不現腿型，但身材比例已很醉人。她做刨冰，店裡兼賣菸酒，她丈夫是個英俊小伙，大眼白膚，言語和氣。

每次比武前，他都會買刨冰，處得熟了，她丈夫會跟他聊天，頻頻發出善解人意的笑音，弟弟向哥哥撒嬌的神情。

她始終是規矩婦人模樣，盛完刨冰，就縮回椅子裡看畫報。不知她只是看圖，還是識得幾個字……

走近她，她會禮貌站起，現出長長的身子。

除了刨冰，他今天多買了三盒菸，她丈夫說：「大哥你怎麼抽上菸了？」他：「給別人買的，還個人情。」

南京街頭，香菸是論根賣的，三盒已是禮物。她丈夫「噢噢」應答，發出和善笑音。

他向她走去：「有紙給包一下麼？」

她仰臉，眼累了的倦容，站起身。

這長長的身子，是他的好運。

次日黃昏，郝遠卿穿一套藍灰軍裝步入刨冰店。長沙軍校教官服，大檐帽內置銅絲繃出的型，富於雄性威嚴。

南方軍的帽子比北方軍漂亮，他背離保定軍校體系，投奔長沙。原以為會戴一輩子……

她丈夫發出嘖嘖讚嘆：「大哥，原來你是個當官的！」他以將領風度點頭，看向她。她站著，一雙累了的眼，沒有驚奇。

要了碗刨冰，坐下，一勺勺吃完。

她一直站著。

從仿蘇黑牛皮軍用挎包掏出一物，遞給她。

塔尖形獎牌，肥實，白銀鑄造。

「送你了。」他走出刨冰店，再沒有回來。

獎牌鏤刻「武士」二字。

貳

郝遠卿南京國考後，國術大熱，各地興建國術館。河南新縣，為南北貨流集散地，一九二九年十二月建國術館。

落於別地之後一年有餘，新縣鄉紳要請名家。請到了石風滌。他是太極拳宗師級人物，北京授拳二十年，交誼三教九流，是軍界元老、工商鉅子的座上賓，有「三絕」美譽：扇面畫、京胡、太極拳。

南京國考，他作為名譽裁判總長，鑑於分組競爭出現傷亡，提議為避免白熱化，背離宣揚國術的宗旨，取消決賽。得到國考組委會全票贊同，定三個分組勝出者齊名，皆為「武士」。

國考，無國士。

國術館是中等專科學校編制，各地國術館沿襲南京中央國術館模式，招收十四歲至十七歲青年，設有數學和音樂等普通中學課程，專業上，除了中式拳械，還開設域外武技——拳擊和刺刀。

國考獲武士稱號的郝遠卿，任課刺刀。他因報紙報導成名，不算名家，無門派背景、無官紳交誼，獨獨一人。

國士館校舍非新建，當地美國教會捐出的房產。一九二五年，南軍北伐，宣布廢除與列強的一切不平等條約，北伐結束，武漢、上海等地的租界並沒有歸還，但在華洋商多捐房讓利，向南軍建立的新政府示好。

房產本為辦教會學校，主樓頂部建有鐘樓。武人敏感，視分配教室的大小為地位象徵。多數房間面積相近，獨有一間大房，原是小禮拜堂。

石風滌給了美術教師艾可丹，開封人，二十二歲。理由是，各拳種是選修課，美術是必修課，全體學生都上，人數決定面積。

武人們鬆了口氣，暗讚英明。

艾可丹是石風滌的代筆，「三絕」之一的扇面畫，多出自她手。扇面畫為官紳階層重要社交禮品，從明朝晚期興起延續至今，已四百年。以贈畫求畫建立新人際，人際圈中祝壽、離任、新居都需畫作支撐場面，有畫名，應酬多，請代筆是默認之事。明朝代筆規則，染色可代，墨筆體現畫者個性，不能代。逐世放寬，至今已是皆可代筆，唯印章為真。

傳聞石風滌交誼一位貴人，為顯誠意，親手繪之，畫完自覺未達代筆水準，讓艾可丹重畫送出。

一般而言，代筆人深藏祕養，不露於公眾視線。艾可丹來校就職，武人推測，是她效勞多年，石風滌給她的補償。「石老厚道」——是公論評判。

她是職業畫師，畢業於北平美術專門學校。石風滌是業餘愛好，明朝至今的傳統，以業餘身分為高雅，各行名家都是業餘者，甚至四百年來的名醫多是看書自學的人，臨床實例寥寥，以醫理著述博名。

專業人士，難成名家。

她與白種女人有四成相近，頭髮遠望烏黑，細看是深到極處的紅褐色，瞳孔也是遠望為黑，近瞧是土綠色。喜歡她的學生多，美術課座無虛席。

她略有近視，不愛戴眼鏡，怕看不清而怠慢他人，總是做笑打招呼的樣子，他人看來則是媚態不停。

一日上課，讓學生臨摹龔賢山水冊頁，郝遠卿持刺刀訓練的木槍到來，向她鞠躬：「我無意刁難你，只是國術館以武為宗，最大教室用來畫畫，於理不合。今日起，這裡是刺刀教室。」

突如其來，她鼻腔一酸，小女生受委屈的哭相。

郝遠卿：「我不欺負女人，千萬別哭。」

她恢復冷靜：「出去。」

石風滌外出應酬，其他拳師趕到時，見郝遠卿和艾可丹情人般對視。艾可丹眼光亮得嚇人，郝遠卿面色晦暗，見拳師們趕到，兩眼轉出光來，似得解脫。

郝遠卿：「習武人不廢話，說服我，用拳用刀。」

夾在腋下的木槍翅膀般展出。

國術館聘任拳師二十二名，在美術教室動手的有五位，頭兩位是個人單上，後三位是拿刀一塊兒上的，刀是教學用的木質柳葉型單刀。當著學生，用刀用拳皆被打倒，輸相狼狽，日後無顏任教。

郝遠卿唯一的武術經歷是十歲學過最普通的少林小洪拳，家鄉小學體育課教授，大半動作忘記。國考小組勝出，緣於對手多沒經過反應訓練——而這是刺刀技重點。讓名門大派的絕招狠手失效，只是反應稍快。

石風滌去一鄉紳家參加詩詞雅集，席間演示「三絕」之一的京胡。琴弓停住，唱戲者向石風滌鞠躬，稱剛才一段，是平生從未唱至的境界。功力深的琴師可操控唱者口氣，讓庸手超水平發揮。

唱者是此地茶商，富甲一方。

國術館出事的通報，讓石風滌很失面子，在雅集上被叫走，顯得俗務纏身。即便逢當罷官、損財的噩訊，仍不動聲色完成雅集，方算風度。

石風滌：「慌什麼，讓他鬧，看他鬧多久。」

「打倒五人，沒有拳師願意再出手。就等您了。」

石風滌低眉，額上皺褶如虎皮斑紋。

唉，本地鄉紳檔次不夠，還愛看熱鬧。

回國術館，跟來了雅集全部人。唱曲茶商表示：「看武行爭端，如觀濤觀霞，屬風流韻事。」

學生已撤離美術教室，艾可丹的大畫案上擺了茶，未動過手的十餘名拳師圍坐，此起彼落地跟郝遠卿聊天。

都是套近乎的話，家鄉風俗、國考逸聞一類。

郝遠卿「嗯嗯啊啊」地應付，如痴如呆。通過聊天，他們成了中間人，中間人就是好人，好人不受攻不負責，今日之事，成了他和石風滌兩人的事……

沒想到石風滌帶那麼多人來，小禮拜堂建構的美術教室，似要舉辦一場婚禮。不管多少人，只有兩個人。

石風滌和郝遠卿對望，均有疲勞感。

石風滌：「對校制有意見，可以找我談。何必如此？耍蠻力，下作了。」

郝遠卿：「打倒我，事情就平了。」

石風滌平笑了：「你我身居教職，不能私鬥。耍江湖習氣，大家都不體面。」

言正理直，郝遠卿一時無語。

石風滌：「你打倒五人，嚴重觸犯校規，要受開除處罰。」

郝遠卿：「開除後，我按武行規矩，向你挑戰。」

石風滌平和面容變得嚴厲：「事情一件件辦，你是正式聘來的，也要正式去，到教務室領解聘書、財務室領遣散費，手續齊全，才有尊嚴。」

如中魔咒，郝遠卿肋夾木槍，夾尾狗般走出教室。

石風滌自知，此舉懾住鄉紳與拳師，威望將升。一瞥，站在角落的艾可丹，沒有預期的仰慕神色……

回校長辦公室，靜等郝遠卿到來。

遣散費開得高，是一戶日雜店五年利潤。

對他稍有愧疚。一年前的國考，皆知他將拿下國士稱號，但一個無門無派的人，憑軍營兵技在武術盛會上奪魁，各派名家均覺得不是滋味。

阻止他容易，辦雅了難。悔不該出風頭，說出那番場面話——中華武學是寬恕之學，國考取消決賽，為向大眾宣示，具備止戈罷戰、好生厚物的精神。方為真國士……

門開了，郝遠卿走進，掛著笑。

他是來道謝的，比武的事沒了……

郝遠卿：「給這麼多錢，真是高看我。」如鹽溶於水，笑容消釋，「花光了，我跟國術館便徹底了斷，到時再向你挑戰。」

參

民國地捐按地基面積徵收，不算樓層，酒店愈高愈合算。新縣頂級酒店名「耶麥托霍推羅」，高達八層，本縣前所未有，為英式建築，聘葡萄牙經理。

供水獨立，井深六百七十四尺，英商中華鑿井有限公司承鑿。水暖、廚房、滅火設施由亞洲合計機器公司承製。日租金按房屋規格，三元至十二元不等，郝遠卿住十二元房間，交預付款時，才知旺季淡季均打四折，四元八角一日。

此地沒有旺季。石風滌給的是銀票，七百兩。一兩銀子折合一點三個銀元，如何花得完？

街上最大飯館為天津鴻賓樓分店，樓高三層，清真菜餚。這一代鴻賓樓主人雄心壯志，但本店經理有言，選地有誤，物流昌盛地畢竟不同於經貿繁榮地，新縣人不愛吃。

此地居民多不會炒菜，習慣煮食，伴以玉米餅，少見肉類。本店主廚調去了瀋陽分店，那是正確選擇。

菜價低廉——郝遠卿坐入鴻賓樓，點了八魚翅、一品宮燕、燒大烏參、紅燒魚唇、兩色廣肚、紅燒干貝、清蒸原桶鮑魚，想到清真菜餚以牛羊肉為本，又點了清燉牛肉、油爆肚仁、芫爆散丹、燉牛舌尾、烤羊腿。

結帳時，夥計告知，已有人代結。

整個餐廳，除郝遠卿，西南角還有一桌，是位謝頂的矮胖老人，穿著樸素，食用簡單，一碗羊肉泡饃、一碗爆肚、一壺花茶。

郝遠卿走近：「你我認識？」

老人有著水族的雙眼，如鯰魚青蛙，令人極不舒服，一笑：「不認識，交個朋友。」

低頭吃飯，無意攀談。

想交朋友的人很多，此日之後，郝遠卿來鴻賓樓吃飯，均有人結帳。

他退回耶麥托霍推羅，不再出門。酒店內設電影院、餐廳、展覽廳、舞場，空寂無人，稍稍興盛的是改為茶館的咖啡廳，聘請了評書藝人開書場，六十人座位，每場不足半數。

跟鴻賓樓主人一樣，酒店主人也擇地失誤。

住客消費，可打四折，郝遠卿看電影、看展覽、吃西餐，無論幹什麼，均有人結帳。

一週後，大小解皆惡臭難聞，漢人體質不適於西餐，再去了鴻賓樓。鯰魚眼老人仍在，一碗羊肉泡饃、一碗爆肚、一壺花茶。

郝遠卿點了桂花羊肉、蔥爆羊肉、炸牛排、鍋燒雞，配清真小吃涼糕、撒糕、切糕、甑兒糕、芙蓉糕、蜂糕各兩塊。

吃幾口，扔了筷子，走到老人桌前：「今天你結帳，明日我請客。」

老人翻開眼，眼白一層非哭非淚的黏液。

郝遠卿：「明日宴後，我離開新縣。白吃了你們這麼久，算作答謝，總得讓我花點錢吧？」

老人眼中黏液鋥亮，咧嘴一笑。

郝遠卿訂的菜單，在十分鐘內到了石風滌案頭，艾可丹在趕製一副扇面，他在斟酌題款措詞。送給南京中央國術館的名譽教務主任，一位在陝南擁兵五萬的軍總。

訂的是全羊席，羊的每一部位，至少做出三道菜。如羊耳朵，耳尖做「迎風扇」，耳中段做「雙鳳翠」，耳根做「龍門角」。從頭至尾的菜名不用「羊」字，文雅多趣。

全羊席是清朝皇室招待回族貴賓的菜品，清滅後流入民間。本地鴻賓樓主廚已走，無力做此宴。鯰魚眼老人匯報，郝遠卿說做成什麼樣都成，看重的是這席菜的禮儀性質。

「懂事。」石風滌嘆口氣，讓艾可丹停手，在她畫的紅綠花葉上，補了兩道枯藤。遒勁蒼雄，筆墨功力在艾可丹之上。

謀畫正確，年輕人的銳氣不能持久，很容易消耗。不是石風滌的主意，是從北京趕來的一夥老哥們的謀畫。讓他的錢花不出去，日子一久，他便會重新思考手裡的銀兩，冷靜下來的人不會不在乎銀兩……

此事，如此解決了？鬆口氣，也隱隱有些失望，石風滌拿出一個信封：「明日赴宴，這個給他，我的親筆，去廣東開平縣國術館任教的推薦信。」

開平是經貿繁榮地，堪比省會廣州。

鯰魚眼老人：「他會去？」

石風滌：「是個禮儀，讓他走得有面子。人有面子，便無怨氣。」轉眼看向艾可丹，她伏在畫案上，在細鈎葉脈，由於近視，臉頰逼近紙面，臀部高翹。

成名之後，做了半輩子風流才俊，看一個女人的日常儀態，便知她在床上能有多好。這是個好女人，跟在身邊四五年了，未曾越過雇主與代筆的關係，彼此保持著職業尊重。

尊重一個女人，是如此有趣……或許，是自己老了。

轉開眼光。

肆

石風滌到達新縣的朋友很多，皆為名家。全羊席是六張桌拼成一條長桌，這是西化影響，漢地傳統視為不雅，只有粗陋無禮的鄉下才有拼桌之事。

桌面鋪深藍色桌布，也是西化影響，北方舊俗表達宴會隆重，是鋪地毯，不會鋪桌布。請客主人須顯謙卑，郝遠卿坐於南方下首。

北方上首的主客位置，坐的是鯰魚眼老人，他穿了新衣，通身的黑色大衫套深紅色外襖，花白髮絲油亮。

在座老者皆衣著華貴，相貌堂正。按北京話講，名家須「養樣」，養得有模有樣，讓人望而生敬，場面周旋占盡優勢。望著這幫年久成精的人，郝遠卿感慨：人老了，竟可長得這麼好看！

席間，名家們絡繹不絕地跟他搭話，風土人情、時局政治，禮貌得體，言詞風趣。一度恍惚，覺得活在這幫人中間是如此愜意。

鯰魚眼老人開口，慈祥體貼：「國士稱號，就別在意了，找石大哥麻煩，不過是出口惡氣。你搭上我們這幫老哥們，比國士稱號強得多。那是個虛名，我們辦的是實事。」

郝遠卿：「是呀，人得有朋友。」

鯰魚眼老人大笑：「第一眼見你，就知道是聰明孩子，不會不開悟。以後，在座的都是你老哥哥，我們多年累下來的關係門路，都是你的。」

郝遠卿起身鞠躬致謝：「小弟也有敬意。」喊一聲，夥計捧個托盤上來，盤中一沓紅色信封，分發諸人。

禮儀信封統一為白色，婚宴紅柬也是封在白信封中。士紳清高，視錢為穢物凶物，紅信封是用來裝錢的，紅色可祛穢鎮凶。想必是一份份銀票，作為禮金。

按名家身分，一位不少於三十兩，才夠體面。七百兩，他剩不到半數。

諸人均有些感動，心疼這年輕人懂事，生出真交誼之念。諸人將紅信封對摺，收入袖中。不會啟開數錢，那樣不雅。

郝遠卿則招呼眾人拆信。

難道超過了三十兩？唉，還是年輕人，只知顯氣派，不知暗受的恩情，他人的感謝會更久些。

一人手快，拆信驚叫。

無錢，一張白紙黑字的挑戰帖，落款簽了「郝遠卿」三字，空著起首姓名。常規挑戰帖跟婚宴一樣，紅柬白封，逆用紅白的帖子，是無禮表現，比拚生死。

郝遠卿語音鏗鏘，如軍校操場訓話：「我還要住下去，再吃飯，誰代付，挑戰誰。想代付的人，自己把名字填上。手續齊全，才有尊嚴。」

十三位名家，一人出手，是鯰魚眼老者。郝遠卿從屏風後取出一把木槍、一柄單刀、一柄劍。刀劍鐵製。

木槍夾於肋下，道：「刀劍挑一樣。」

鯰魚眼老者：「這種不上品的刀劍，不屑一握。小孩子耍的木槍，你拿著合適，我有手。」

他的手蛇皮般厚實，指節繭子黑如鐵渣。是常年插鐵砂、抓樹皮的手。

郝遠卿：「您上了歲數，請自重。」

老者冷笑：「你的木槍，一抓就碎。一會兒小心，我有兵器，你沒有。」隨手捏碎一只茶杯。雞蛋一磕即碎，但捏碎，是壯漢也做不到的事。酒杯近似雞蛋的圓形卸力結構，而瓷質強於蛋殼鈣質。

郝遠卿：「我可以先告訴你結果，你的手還沒來得及使勁，槍就打到你了。」

老者：「笑話。」躍步上前，郝遠卿猝不及防，木槍胡亂向前一杵。
如鷹捕兔，五指精準抓住槍頭。
槍托打上老者後頸。
老者倒下，指尖仍緊扣槍頭。
幾秒後，指節鬆軟，垂落於地。
槍頭油光，毫無損壞。
在驚叫言辭中，郝遠卿才知鯰魚眼老人是王冠真，世稱鷹爪王。
名家的名聲，都是半生費盡心機攢下的，沒有人再動手。
縣城衛生隊設有診所、獸醫站，監管食品，進縣蔬菜要灑免疫藥水，須菜農購買，形同勒索。
衛生隊擔架是德國進口，王冠真被抬走前，有片刻甦醒，自知名聲已毀，為顯最後風度，要來印泥，在挑戰帖上按下一個朱紅手印，表明是正式比武，不拖累郝遠卿受治安追究。
名家們伴郝遠卿走下鴻賓樓，街口分手時，有人問郝遠卿去哪。
「回酒店，你們呢？」

「國術館。多問一句，你這麼做，只為出口惡氣？」

「小看我了，我圖別的。」

「什麼？」

「事發即知。」

伍

一九二八年，國考無國士，出了三名武士：郝遠卿、唐幾謂、梁少唏。

唐幾謂就職於南京中央國術館，梁少唏就職於長春國術館。兩人均收到郝遠卿來信，說他已向石風滌挑戰，但發現石風滌功深難測，頓失信心。

考慮到三人齊名武士，一榮俱榮，一損俱損，為避免敗於石風滌後，拖累唐梁二人名譽，決定登報放棄武士稱號。

南京與長春相隔遙遠，不及通信商議，但唐梁二人判斷一致，即便郝遠卿放棄武士稱號，世人也會將三人等量齊觀，必須阻止比武，兩人一南一北，啟程向新縣。

奢侈數日，想正經吃頓飯，郝遠卿步上鴻賓樓，點一碗羊肉泡饃、一碗爆肚、一壺花茶。食罷，胸口暖暖癢癢，暗讚鷹爪王是真懂享受的人。結帳，夥計說已有人代付。

調轉坐姿，西南角不知何時開了一桌，背身坐著一位女子，點一鍋涮羊肉，配一盤本地特色油花煮白薯——郝遠卿吃不習慣，白薯南北都是烤製蒸製，她應是初來乍到，嘗個新奇。

相距七八步時，她轉身站起，時髦女性的喇叭袖連衣裙，大方地露著半截小腿，小腿著毛絨質感的黑綿襪，連衣裙有一根細細的修飾性繫帶，與裙同色，幾乎隱沒。辨出繫帶，頗感心驚，位置在常規的腰線之下，臀線高度。

放低的繫帶，讓她身子長長，彷彿一九二八年南京的刨冰少婦。

她小臉，鼻眼粗看肉肉的，細看精斂——五官也像。郝遠卿默吸口長氣，道：「你我認識？」

她含笑搖頭：「梁少晞，你認識。」

她是粱少晞未婚妻，現在天津法政學堂讀書，立志做民國第一代女法官。天津距新縣比長春近，她先一步趕到，為夫解難，阻止比武。

她叫莫天心，衣著時髦，日用節儉，背被褥而來。國人忌諱與他人共用被褥，中式旅社的房間供床為光板，臉盆枕頭也須私帶，中式旅社比西式便宜，打折後，一日六角，不按房間按床位，一房兩床或五床不等。

她住四床間。

郝遠卿：「把另三張床包下來了？」

她嘁嘴：「那幹嘛？沒必要。」

郝遠卿：「跟錢無關，不知道中式旅社有接水？」

傳聞中式旅館的夥計會聯合扒手，竊客人錢物，名為「接水」。

她慌了。

郝遠卿帶她遷入耶麥托霍推羅，三十年來，西式等於高貴，酒店外觀有著高貴的強勢，一二層外牆是黑色花崗岩拋光貼面，可照人影，德商自青島嶗山開掘；三層以上是咖啡色釉面磚貼面，色調厚重純粹，英商控股的上海泰山磚廠出品。

她喜歡大門上端巨大的鐵架雨篷，覺得像輪船機艙裡的造型，充滿功能性美感。背著三十斤行李捲，郝遠卿步入大門，似英雄壯舉。

房間一張平拱樘的銅架寬床，鵝絨被褥，白潔如雪，室內桌椅箱櫃齊全，桃木柚木所製，無色噴漆。窗戶寬大敞亮，頂端拱圈造型，弧線悠長，她仰望半晌，讚道：「工業文明。」

她仰頭的時候，下巴至鎖骨連成一線，似乎脖頸拉長，如雨中顫抖的荷葉稈或風中飄旗，美得超越人形。

郝遠卿暗嘆，你才是工業文明。

唐幾謂先一步趕到，背著被褥，尋到耶麥托霍推羅，正值郝遠卿陪莫天心看電影《爵士歌王》，美國華納兄弟公司出品。一曲過後，歌手竟然有話：「別急，肯定錄上了，我保證，你不會什麼也聽不到。」

這句誤錄的台詞，讓全世界大驚小怪，賺足了錢，之前電影無聲，發展到有音樂歌曲，仍無人想到可開口說話。

票價一個銀元，莫天心已看了三遍。等那句話說出，才願走出影院。

郝遠卿要在酒店西餐廳給唐幾謂接風，唐幾謂笑道：「英人德人口味糙，俄人只知油膩解饞，法國佬在飲食上是開竅的，但跟湖南人怎麼比？」

清末湘菜成為一大菜系，因出省發展的湖南人多為美食家。請去鴻賓樓，吃了幾口，唐幾謂嚷起來：「這地方沒主廚啊？幫廚的手藝！」

幫廚只負責宰殺割洗，不許上台做菜。

問明白這是本地頂級飯館，無它處可去，讓夥計叫出廚師：「沒本事炒菜，就花工夫煮吧，教你個笨法子，肥雞一隻，牛脊肉一方，與魚翅合放罐中，將滅將熄的小火煨十二個時辰。魚翅得是長鬚排翅，不爛熟不停火。今日無奈了，明晚要吃好。」

指導廚子，人生樂事。

三餐快慰，唐幾謂沒提過一句比武。不厭其精的貪食者，多是有大心機的人，他在等梁少唏到來。

他不住酒店，住進城內商業儲蓄銀行的招待所，沒有「接水」之憂，中式待遇，光板木床。

兩日後，梁少唏背被褥到達。長春經貿繁榮，標誌之一是南肴北上。他帶來平湖糟蛋、南潯大頭菜、金華火腿、廣東香腸、福建肉鬆，作為送莫天心的禮物。

他和她都是河北灤縣人，灤縣產石英砂，上品陶瓷原料，兩家都是開瓷器作坊的富戶，自小相識。

他在銀行招待所安頓下來，唐幾謂祕語：「瞅著嫂夫人和郝遠卿情景不對。」他笑了：「你是說倆人都住酒店？呵呵，女人就該好吃好住。」

灤縣有九條大河，灤縣人心懷坦蕩。

陸

莫天心是有些改變，男人對女人的敏感是天賦。梁少唏決定在招待所請客，以做判定。

招待所建築樣式中西式合璧，餐廳中餐，西式領班制。服務員穿白色大褂，副領班大褂外套藍色坎肩，領班套紫色坎肩。三位武士光臨，領班親自接待。

灤縣最出名的是肉餅——梁少唏把菜單遞給唐幾謂，唐幾謂瞄一眼，無非是京味和豫味。京味是改良的山東菜，豫味吸收不少山東菜。

食欲一般，道：「瓦塊魚、紙包雞、糯米鴨子、鐵鍋蛋……」將菜單遞給郝遠卿。郝遠卿是保定人，保定最出名的是驢肉火燒——

他沒接菜單，仰頭直說：「有沒有一口吞？」

領班一愣，他講得津津有味：「先做一份雞蛋炒米飯，狠下油狠下鹽，蛋比米多。在菠菜葉子上抹層黃豆醬，卷著蛋炒飯，一咬一過癮。」

領班被說得有些饞了。

這是趕大車的馬夫邊走邊吃的東西，梁少唏看向莫天心。

她靜靜而坐，身朝郝遠卿，不定的視線，眼中是正午湖面的晴光……曾經見過，訂婚後，在雙方長輩陪同下，兩人曾去灤縣城外二里的金泉亭遊玩，梁少唏一路說笑話和大話，她便是這樣的眼光。

國人習慣，吃菜閒聊，湯後說事。

最後一道菜是本地特色，油花煮白薯。第一次吃煮的白薯，稀爛如四分熟的雞蛋黃。梁少唏連吃兩塊，似是燙了舌頭，眨眼淌下淚來。

拭淚，叫湯。

一大盆魚頭魚尾熬的湯，應是做瓦塊魚剩下的。唐幾謂面顯鄙夷，在湖南，沒熬過十個時辰不能叫湯，只是一盆熱水。

他直腰正視郝遠卿：「我跟梁兄，放下一切，大老遠趕過來，是份誠意吧？」郝遠卿坐直，嚥盡口中食，道：「有誠意。」

梁少唏以丈夫對妻子的口吻，吩咐莫天心：「老爺們談正事，你先回酒店。」她起身，款款出餐廳，極為懂事。

剛感寬慰的心，中刀般刺痛。

她回頭瞥了一眼，看的是郝遠卿。

梁少唏端正身姿，與唐幾謂保持一致：「跟石風滌，就別比了。」郝遠卿一臉鄭重，「寫信說過了，我放棄武士稱號。」

梁少唏：「放棄了，世人也會把我們三人看作一樣，你輸了，丟的是我倆的人。」

眼角餘光中，她已出門，想追一眼，耳聽郝遠卿話起。

郝遠卿：「你怎知我一定輸？」

眼珠轉意刹那泯滅，略感羞愧，認定他輸，也是否定了自己。

郝遠卿：「另外，咱們仨怎麼就一樣了？一年前，我不知道，現在我也不知道。」

唐幾謂：「你什麼意思？」

郝遠卿：「想知道。」

在招待所門房存了一劍一刀一把木槍，叫服務員搬來。領班急了：「在這動手麼？」

郝遠卿：「打不壞東西，只會打壞人。」瞪去一眼，領班再無話，面若死人。

刀劍開刃。

不想殺人的人，用兇器有顧慮，武功至少折去三成——這是郝遠卿的算計。

唐幾謂持刀，梁少唏持劍，兩人相互謙虛幾句，走出來的是梁少唏。在算計中，有心機的人，凡事不會打頭陣。

梁少唏很不順手地拿著劍，用劍須經特殊握法訓練，一般武人只是練刀，握刀符合常人習慣，上功快，易精深。跟唐幾謂一起，他不會拿到刀。

劈來一劍，用的是刀法。

郝遠卿木槍衝刺，眼無凶光，近乎同情。

梁少唏格擋，姿態矯捷，不愧是國考小組的勝出者。刀法格擋用刀背，刀背厚重，可掛住木槍。

劍體輕薄——

槍頭被削去一片豆角大木屑，衝勢不減，壓過劍，擊在梁少唏上臂。

一聲鐵器落地的脆響。

郝遠卿耳中是臂骨斷裂聲，人耳聽不到，那是對自己擊打效果的判斷。

槍托擊上梁少唏左腿脛骨，不是弧線掄打，是直線戳擊，如一根釘子整根釘入。又是一記斷骨幻聽。

梁少唏倒地暈厥。

郝遠卿肋夾木槍，凝固的驚愕神情，出手重了——昨夜，與莫天心在酒店舞廳跳舞，四曲一個銀元，直至凌晨……舞是她在天津學的，無私地教給他，她的眼神似乎永別……

餐廳門響，抬頭，不見唐幾謂。

不緊不慢地追著，唐幾謂拎刀而逃，身虛步軟。小腿上有肝經，肝主搏殺，平素鍛鍊有法，不會一受驚即潰盡氣勢。

早有耳聞，唐幾謂父親是跟石風滌一樣的名家，國考分組，他那一組強手多是他父親的徒弟，有意要湊他勝出。

路上有過一次交手，槍頭被削去一塊，郝遠卿從地上拾起，小小的三角形，放於手心，可供把玩。

唉，他不是有大心機的人，只是伶俐。

國術館坐落於縣城主路，趕羊般，將他趕到。他氣息不穩，喊不出驚動眾人的音量，好在知道去校長室。

無人。

郝遠卿離開門口，任他奪路去美術教室。那裡，石風滌一身墨香，大畫案上並陳七八副扇面，艾可丹伏案——蓋章，比漢人女子漲出一圈的臀型。

木槍衝刺，唐幾謂擋得大失水準，橫著刀面。以為最大面積最安全，是俗人意識。

槍頭擊於刀面，刀面撞在胸膛。唐幾謂皮球般跌出，在地上彈了一下便不動了。

住校的拳師和名家趕到，郝遠卿大聲宣言：「大家見證，武士中的勝出者，就是國士了。」

碧綠筆洗裡盛著清水，涮去筆端墨色，石風滌道：「記得你曾向我挑戰，還有這事麼？」

計畫中，挑戰石風滌是虛招，不想真與這類人脈深廣的人物為敵，也料他不敢應戰。一切作為，只為國士稱號……

話趕話，不得不應。郝遠卿：「當然有。」

石風滌：「可以，容我先辭去校長一職。」

柒

交接教務繁瑣，校長辭職須五日。

五日裡，長春《大東報》、南京《新民報》均發布一則啟事：國考三武士為彌補決賽缺失的遺憾，私下友好切磋，郝遠卿勝出，獲「國士」稱號。

後附公證者名單，是石風滌為首的一夥北方名家。

這兩家報紙以嚴謹著稱，都有石風滌認識的記者，沒來電覈實，即刊登——他是有背景的人。

很快查出，郝遠卿在保定軍校的一名同學現是東北軍新貴，南京常駐代表。稍感失望，還以為他是一個人，一個人硬氣——京城來的名家均勸石風滌免去比武，甚至獻計，以家宅失火為名，離開新縣：「一所房保住一世名，值得。」

石風滌在京城有六處房產，笑道：「下策。」有人還想說，石風滌瞪了眼。

比武前夜，艾可丹在趕製扇面。答應辭職後，送本地鄉紳一人一幅。他們檔次不夠，愛看熱鬧，明日都會來。

要在比武前送給他們——萬一落敗，再送就無趣了。

石風滌閉目坐於畫案前，似斟酌提款詞彙，忽然自言自語：「他有背景？我可是玩了一輩子背景的人。」半晌又言，「前景草木和後景山水分不開，沒了遠近，整張畫就不精神。我不精神很久了。」

艾可丹直起身，怔怔望他。

石風滌張開眼：「拳怕少壯。最後一次動手，在三十年前，你說我和他誰會贏？」

艾可丹：「你。」

斬釘截鐵。

石風滌啞然失笑。畫案邊沿，有一把象牙裁紙刀。宣紙質地，利刃不便，鈍刃為佳。

走到艾可丹身前：「跟了我四五年，見過我習武麼？」她搖搖頭，驚覺左肩裸露，衣料裂開。一隻男人的大手在肌膚上擦過。

象牙刀劃了五寸長，手指也劃了這麼長。

手感怪異，果然與漢人女子不同。

石風滌轉身而去，教室為禮拜堂格局，行了二十步，仍未出門。身後一聲「混蛋！」女性憤怒特有的亮音。

石風滌：「——老混蛋。扇面不用畫了，明日我誰也不送。」

象牙刀入袖，躍步出門。身姿京劇武生般好看。

正規比武，比武場要由第三方提供，一位鄉紳家後花園。種滿海棠樹，賞花之用的路徑，鑲嵌著石子拼就的精美圖案。

路面不寬。

時值冬季，花葉無存，空枝纖細，不礙視覺。中式比武，少有大幅度躲閃追擊，三兩步、一兩下即結束。便在石子路上比武，旁觀者站於樹間。

郝遠卿穿長沙軍校教官服，高沿軍靴。實在厭惡名家們綢緞衣褲、平底布鞋的打扮，看似寬鬆，實則有礙運動。

已想清楚，與石風滌比武，是更上層樓。國士還只是報紙一則消息，打下個名家，便拿穩了這個稱號。勝算七成，國考經驗，功力愈深的人愈不做反應訓練。

功力——速度和力量，帶有欺騙性。

距比武時間十分鐘，石風滌才到，歪了口眼，由衛生隊擔架抬來。艾可丹跟著，不知哭了多久，眼皮紅腫，瞳孔土綠色鮮明。

他清晨洗漱時摔倒，確診為偏癱性中風，右手右腿已不能動，只有些冷暖感覺。

他呀呀幾句，表示口齒困難，由艾可丹代言。

艾可丹：「比武一定要進行，不能比兵器，還可以比勁。」

橫握木槍，郝遠卿站到擔架前。

被子裡伸出一隻手，搭在木槍上，在郝遠卿兩手之間。

裁判三人，首席裁判音調慘厲：「時候到了。」

話音剛落，郝遠卿跌了出去。

硬膠皮鞋底與石子的摩擦聲尖利，穩住腿，白了面色。

石風滌擺手，示意可再比。

郝遠卿慢慢走近，遞上木槍。

手搭上，掌根抵得死死，仍不能止住指尖輕顫。

兩人同時發力，郝遠卿雙腳釘在地上，身形穩如泰山。木槍脫手而出，一道弧線越過頭頂，落於身後一丈處。

木質上乘，音色悅耳。

被偏癱病人擊敗，國士名號不值什麼了。

郝遠卿未拾木槍，踉蹌而去。在場觀者擁到擔架前祝賀，忽然止聲，郝遠卿又走了回來。

他神色正常，如一個登門訪客。

「今日起，我將研究太極拳，想定個三年的比武之約。我無基礎，三年是預計的最短時間。中風的人活不長，你等不過三年，我擊敗你門下弟子，便是勝了你。可以麼？」

石風滌嗚嗚哼聲。

郝遠卿：「諸位見證，他答應了。」穿樹急行，拾走木槍。

用敵人之技戰勝敵人，才贏得徹底，方能挽回國士名號。

太極拳，何其難……

捌

新縣是盧漢鐵路的一站，城外火車站大過縣城，海港碼頭般倉庫林立，圖書館、醫院、國民公園均建在車站。

無正經飯館，幾家切麵小鋪，麵條之外，有大餅、花捲，郝遠卿待在一家，要了碗麵，熬候車時間。

催站鈴聲響時，幾位鄉紳走入，言：「國術館不可一日無主，留下吧。」郝遠卿詫異：「我輸了。」

「你在新縣二十天，一個人對抗全武行。名家們都是過客，你屬於這兒。」

稍感酸楚，低頭撈麵。碗已空，在軍校養成的習慣，總是吃飯吃盡。

「北大校長待遇，月薪六百銀元。」

火車汽笛鳴響，如一隻失群的絕望大雁。

艾可丹護送石風滌離開新縣，回北京。

六處房產，四處歸子女，此生一妻一妾，各得一處。石風滌住朝內大街租的畫室，八間房，有庭院，本是前清某王府西跨院的一部分，臨街處破牆建門，成了獨院。房產現為司法部所有，因與其常務次長相熟，廉價租下。

搬入後，畫生貴氣。

從同仁醫院雇了兩名專職護士，艾可丹不離不棄。到京，石風滌的眼嘴便正了，一日給他餵粥，忽然悲從中來，停不住淚。

女人的哭泣，是大自然的一部分，男人必須經歷。石風滌開口，竟吐字清晰：「別哭了，世人只知我有三絕，其實我最絕的是醫術。我沒中風，是給自己開了道藥方。」

唯如此，才能廢了郝遠卿的快速反應，貼手比勁。

她凝視著他，眼中水汪，道聲「壞蛋」。

他：「——老壞蛋。」

他與唐幾謂父親四十年交情，更重要的是，面對郝遠卿凌厲殺氣，他技癢了。一時衝動，想放手一搏，但他的太極拳背負門派名譽，不能閃失。

她：「既然是萬無一失，比武前夜，還像明日就死般，非要摸一把？」

他尷尬一笑，真有愧色：「解藥之方，我早寫好，藏在劍柄裡。」寶劍是師門歷代相傳之物，須行旅相隨，掛於臥室牆面。

她笑了，非漢人女子能有的媚態。

兩個月過去，石風滌右臂右腿仍不能動，甚至喪失了冷熱酸麻。見艾可丹眼腫。知她私下落過淚，道：「藥方是古傳，古人不欺後人，但古今飲食有變，體質不同，古為今用，自有偏差、這是老天在算計我，此生廢了，下輩子找你。」

她綻出緩緩笑顏：「不跟你定約。」

石風滌故作苦相：「唉，你我差著歲數，你不用等到下輩子，我一死，立刻趕回來找你，給你當兒子。」

她失聲叫道：「不要！」

玖

傷筋動骨一百天，三月份，骨折痊癒的梁少晞找上門來，懇請學藝，洗刷對郝遠卿的敗績。有一件事，他沒說──他的未婚妻莫天心留在了新縣。

石風滌收下他，命京城弟子傳他架勢，天氣好時，坐在椅子裡與他推手，用能活動的左手。太極拳勁法獨特，超出兩方體育範疇，太極拳普傳於世已二十餘年，招式流行，而勁法一代不過傳二三人。

師父與徒弟推手，是無言之教，在傳勁法。

四月初，南京《新民報》登了郝遠卿一篇文章，署名身分是新縣國術館校長，未提國士稱號。他以西方力學分析太極拳架勢，文筆深入淺出。大受歡迎。

太極拳是市井顯學，屠夫菜販都能聊兩句「借力打力、引進落空」的太極拳名句。出版太極拳書籍是盈利保證，大學、公園多有教太極拳的短訓班。

郝遠卿收集資料容易。

京城名家持報紙聚集畫室，商討對策。「一個不是太極門的人大講太極拳，石老，這是冒犯您的權威。」

石風滌：「不是冒犯，是刺探。門外人悟到這個程度，確有天才，他是遇到了研究瓶頸，所以登報拋文，期待我反擊。」

「那該怎麼辦？」

石風滌：「不理，批他，就教會了他。」

四月中旬，郝遠卿又拋出一文，不再講勁法，就太極拳架勢分析實戰用法，如「葉底藏花」是扭敵肘關節，「高探馬」是膝襲小腹再掌擊耳門……

梁少唏持報紙問詢，石風滌專注看完，不置可否。

五月，中原大戰。南北軍閥挑戰南京中央政府，河南是主戰場。新縣成了空城，再無郝遠卿消息。

他本是軍人，或許投身於一派軍閥，已戰死沙場。

梁少唏辭行，南下尋找莫天心。石風滌不悅：「那女人背叛了你，何必？」早聞兩人事故，一直佯作不知。

梁少唏：「她跟我從小長大，別的算了，她的生死，我要管。」

石風滌發火：「等我死了，你再走！」

梁少唏的話感動艾可丹，勸他留兩三日，等石風滌消了氣，她想法讓他走。發火，反覺心安，確定自己得了他真傳——八間房裡，梁少唏住東南廂房，老實過了兩日。

第三日，熱烈晴天。石風滌讓護士迴避，與艾可丹單談。

「專學專用。是西洋思維，好懂好使——但也僅止於此，上不了高端。我們畫畫，隨手出來的筆墨最妙，太極拳的用法，也是隨手出來的，不是郝遠卿那樣。」

「為何說給我？該告訴梁少唏。」

「想他自己悟到……悟不到保不住命時，你給他提個醒。」艾可丹鄭重答應，石風滌嘆口氣：「其實郝遠卿更對我脾氣，可惜壞了人情，得罪的都是我朋友和侄輩，沒法收下調教。教梁少唏，只為日後郝遠卿找來，證明我是對的。」

半晌又嘆口氣，「我一生授徒二十七人，記名弟子多得記不住，但都是愛我的場面，追隨的是我，不是拳。梁少唏跟郝遠卿有奪妻之恨，只有他能真下功夫。」

倦意驟起，倒身昏睡。

醒來下午四點，陽光未衰，室內地面明晃耀眼。艾可丹一直候在床前，石風滌欣慰而笑，萬分慈祥，真的像一位老人了。

「聽說學西洋畫用裸體模特，你上的美校裡有沒有？」

「北京保守，上海的美校敢那樣……不過，我們也偷偷畫過幾堂。」

「中風，不單是手腳不能動，偏癱的一側也會看不見，不騙你，西醫名詞叫視野缺損。可以試試，你做模特，站到我右邊，保證看不見。」

「啊！……你是中毒，不是中風。」

「後果一樣。」語氣沉著，不知是名家風範，還是老江湖的歷練，充滿魅力。

她直直站立，張開護住乳房的雙臂。

她：「看得到麼？」

他：「好看。」

她：「看多久？」

他眼珠凝定。

她羞澀閉眼。不知過去多久。

感到冷了，開眼，地面陽光衍變成稀薄橘紅，他已死去。

八間房，配有護士兩名、廚師兩名、傭人一名。聽院中騷亂，梁少唏出屋。奔入石風滌臥室時，見眾人圍在床前，艾可丹一絲不掛沿牆行走，步伐不急不緩，眼光不瘋癲，想事神情。

警察來過，石家妻兒來過。按照傳統，四十九天後才可入葬，遺體應送去正室夫人住宅停放，那是六處房產最大的一套。

送去了同仁醫院驗屍間。

她裸身失態的時間很短，梁少晞進門後，她就尋衣穿上。晚飯時，她換上中式的黑綢衣褲，已婚婦人般束了髮髻，十分端莊。

飯後，廚師和傭人回家，梁少晞關的院門，徑直回房，散開收拾好的行李。原定今日走，但作為入室弟子，師父喪事要陪全程，事過之後，不知莫天心是否存活……

敲門聲起，是艾可丹。

她散著頭髮，無衣遮擋的體味，梁少晞不敢下視。

她撲進門，貼上他，如緊閉的扇貝。

他手在她的背上使勁，她知道他會要她。晚飯，他兩耳緋紅，始終不抬頭看她，當即判定，他心裡放不下她赤裸的影像。

他進入她身體的時刻，她想起石風滌開過的玩笑，一死即投生，回來給她當兒子……

「來吧！」她內心喊道，口中發出如泣的呻吟。

清晨光起，發現梁少唏的肌肉線條，如畫冊上的希臘雕塑。他小貓小狗般睡著，傳承拳法的指望，石風滌就剩這一人，絕不能入戰區……

她忽然生出無限愛意，罩在他身上。

拾

中原大戰歷時五月，南京政府確立中央權威。新縣由物流旺地成為戰略要衝，籌建面積為一點三平方公里的飛機場，供高官專機蒞臨。

國術館毀於戰火，經槍砲洗禮，民眾對武術失去熱情，沒有鄉紳提議重建。莫天心沒回天津完成學業，沒回灤縣老家，她和郝遠卿如同所有戰區失蹤者一樣，撣落的灰塵般，找不回來，無生無死。

一九三三年三月，中央政府廢止銀兩使用，貨幣統一為銀元。十月，南京舉辦第二屆國考，報名規模達二十一個省市、四百六十七人。梁少唏收到國考執行部來信，作為第一屆國考武士，邀他開幕日榮譽出席。他回灤縣繼承家業已有二年，作坊升級為工廠，釉色放棄礦物顏料，化學配製，改木炭燒窯為用煤……

他育有一子，夫人艾可丹。

他說他想去，她沒說話，點頭答應，第二天問：「你是不是想，或許能遇上你的髮小？」

郝遠卿自造的國士名譽毀於石風滌之手，如還活著，第二屆國考會把他引來。他來，莫天心也會出現。

到了南京，便知他倆不會來，國考賽制改變，分為「刀劍門（短兵器）」、「槍棍門（長兵器）」、「拳腳門（自由搏擊）」三項，一人只可報名一門，頒發勝出者「冠軍」、「亞軍」證書，廢了國士名號。

得遇唐幾謂，他現是中央國術館教務室主任，此屆國考的執行部次長。他執意請客，席間數度讚艾可丹美貌，不由自主的神情。

名家子弟往往如此，隨年齡增長，享用父輩的權益日多，愈來愈不愛動腦。

他忘了她是誰。

她也不提新縣，笑眸閃閃，一副很受用的樣子，甚至自己解釋貌美來源：她生於開封城挑筋胡同，祖輩居於西亞約旦河沿岸，遷來漢地已逾千年。一九一五年，民國內務部做人口普查，登記為未識別民族。

唐幾謂興奮起來：「我說怎麼這麼漂亮，原來根上是白人！」

梁少唏：「白人就等於漂亮？長做此想，我們也成了未識別民族。」

唐幾謂：「言重，言重。」

國考嘉賓住議事園酒店，中式賓館，但不再光板，床上有了被褥。夜晚，夢見郝遠卿拎木槍而來，邀自己同去拳腳門報名，賽場公證，誰的太極拳更對。

夢中是他贏了……

醒來一身冷汗。

兒子太小，沒攔來南下，觀賽閒暇，陪艾可丹逛街，突然駐足，停在一處刨冰店前。

門口坐一位抱小孩的婦人，旁邊嬰兒車上掛著逗孩子的玩意兒，彩帶、鈴鐺一類，其中一塊紅綢串繫的銀飾。

塔尖造型，一九二八年的武士獎牌。

婦人站起，身子長長。

刀背藏身

一九三四年五月，美國頒白銀法案，年底國際銀價上漲百分之二十六點七。銀本位貨幣制的中國，白銀外流，鄉村經濟率先崩潰。

壹

孔老爺子附耳在一口缸上，彈指聽音。

缸是農家之寶，可以存水、醃菜、養金魚、當澡盆、做糞坑，燒製品質從釉色分辨，黑綠黃三色中，綠色為佳。

此缸躺在地上，水草般濃綠。釉面上一道五寸淺痕，是崩裂初相。老爺子：「不著急，還能用一月。讓它活夠自己的歲數吧。」

無應答聲，這是個農家院。老爺子直身，見此家主人一臉麻木。鄉人的麻木，是害怕。

老爺子是鋦缸人——缸裂了，上鐵片契合為鋦。孫子孔鼎義背著鋦缸工具，十五步外站有一男一女，女人雙眼明媚，男人拎著兩柄刀。

城裡國術館常用刀，沿襲清朝軍隊腰刀刀型，差在工藝，木鞘不包蛇鱗，塗一層油漆替代。

男人：「尋得您好苦，請賜教。」分一柄刀給女人，女人盈盈送到老爺子面前。

刀柄裹土布條，碧藍色，如兩歲小孩的鞋面。講究的刀柄都是纏絲線，利於吸汗，手握敏感，絲色是穩重的暗紅或深灰色。

像夾起一口不喜歡的菜，老爺子抽刀。

清朝腰刀制式，刀脊狹長平直，刀頭上翹成弧，似大雁翎毛。應刻四道血槽，弧形刀背區開刃，名為反刃。此刀無血槽，不開刃，更無反刃。

手指在刃上滑了個來回，如滑木片，老爺子：「怎麼拿來把練功的刀？」男人：「分出高下就好，我不想傷人。」

男人三十出頭，兩頰削瘦，咬肌發達。如此面相的人，精力旺盛，意志堅強。

老爺子：「說出這話，表明你的力還沒上刀尖——練到了，再找我吧。」手擒刀背，刀柄遞向女人，讓她歸刀入鞘。

男人：「刀出了，不能回！」抽刀，躍步襲來。

老爺子捉柄，刀尖在女人咽喉、腿根兩處飛速抹過。此時夏季，衣著單薄。男人駐足，目如死人。

女人領口至左肩風帆般飄起一方布，鎖骨瑩白。兩褲管各劃開一道七寸長縫，一刀所成，腿肉圓渾。

無刃之刀，有開刃之效。

老爺子展臂，刀入女人手握的鞘中，招呼孫子孔鼎義，行出院門。

女人無傷，無女人本能的驚叫，衣破處也不手遮，身姿婷婷，斜望爺孫倆背影。男人仍是死人眼，哽哽吐語：

「力上刀尖……」

孔鼎義十四歲，陪爺爺行出百步，忽然開口，如訓小孩：「破女人衣服，你要不要臉？」

老爺子竟被訓住：「爺爺老了，勁道未衰，反應慢了。不嚇住他，真動手會輸的……」被一聲喝斷，「輸就輸吧，不能幹這事！」孔鼎義脖頸粗漲，血管暴起。

老爺子賠笑：「下不為例。」

孔鼎義怒吼：「能麼？」

老爺子變了臉：「我一輩子沒食過言，信不信在你！」甩下他，徑自前行。孔鼎義追上，仍氣鼓鼓的，瞥了幾眼，得不到回看，便低頭走路了。

百多步，老爺子驟然駐足，孔鼎義身形一頓，近乎同時止步。老爺子眼中生情，如思念老友：「四十天了，東黃莊那口缸該裂了。」

東黃莊少了半村人。世界銀價升值後，上海銀行倒閉十二家，北方錢莊盡數歇業，農貸完全停止，破產農戶不堪追債，往往背井離鄉。

預約的那家已人去屋空，門倒窗裂，一副遭劫光景。老爺子直行向西院牆，那有一口釉色黃汪的缸。

蘆葦稈編的缸蓋下，殘著半缸水。

孔鼎義的手扶上缸沿：「沒裂。」

老爺子站起，悶臉離去。孔鼎義跟隨，爺孫倆將出院門，響起輕微一聲「咔」，如河面解凍的初音。

老爺子是志得意滿的笑，回身向缸，雙手作揖如對友人：「恭喜，榮升了！」官員升遷，名為榮升。

水缸面上有濕跡，又一記「咔」音，現起道水霧，就縫而出。

孔鼎義：「這缸沒人用啦。」

老爺子：「咱們來了，要對得起它。」

缸水倒淨，用粗草繩綁住，合聚裂片。缸橫地上，老爺子在裂縫兩側鑽眼，鑽長一尺二寸，鑽尖鑲金剛石，鑽尾圓滑，用一個鐵酒盅扣住，以固定。

鑽身繫一張弓子，似彈棉花的綳弓，也似拉二胡的琴弓。拉動弓子，鑽便旋起來。老爺子右手扣酒盅，左手拉弓子，猶如戲台上的琴師，舉止氣派，神色陶醉。

孔鼎義一旁看著，臉上彆扭全無，恭敬專注。從小看鋦缸，仍看不夠，爺爺一拉弓子，便將他迷住。

爺孫倆沒察覺，院牆坍塌處現出一個三十歲出頭男子，卸下藤條背籃，置於土坯碎塊上，躡躡退去。

補缸為何叫鋦缸？因為用鋦子，鋦子是一支兩端為釘的鐵片，就著鑽出的眼兒釘上，鳥爪般抓緊裂縫。

裂紋隆長彎折，上幾支鋦子，全憑經驗。上得愈少，手藝愈高，能選中要害。高四尺的一口大缸，僅用鋦子三支。以膩子抹平裂痕後，老爺子額上汗澤閃閃，似聖賢光暈。

一記小孩哀啼。

掀開背簍，裡面一個四歲女童。老爺子色變，瞬間明白發生何事：「這家人沒走，是要把孩子丟給咱們呀。追！」

孔鼎義未明事態，身子已如獵犬自塌口竄出。

二十丈後，感手指生痛，方知抄著背簍。

棄女的男人喪頭喪腳地走著，忽警覺回望，見孔鼎義穿林而來，立時大步奔逃。跑至林外下坡，男人肩背觸手可及。

坡下眼力盡處，是一片白素素水面，灤河支系。

孔鼎義腳下踏空，枯枝敗葉脆響。男人止步，惶恐轉身，見孔鼎義躺地，女童跌出背簍。她綁著手腳，哭聲亮如軍號。

見孩子沒摔壞，男人掉頭再跑。

河邊站一位婦人，不足二十五歲模樣，臉龐圓潤，一層浮光。水裡停著木舟，舟頭堆四五個包袱，應是全部家當。

男人跑來，喊女人登舟，女人坐上去，靜默端莊，如轎中新娘。孔鼎義抱女童趕至，女童捆著手腳，未及解。

男人掏出把刀子。刀長七寸，是柄殺豬刀，面狹鋒長，可捅透豬胸骨直入心房。

孔鼎義呆立，懷中女童無動無啼，不知是死去還是睡去。翻開她，如夜的黑瞳，一臉涕淚。

男人登舟，撐出五丈遠，跪於舟尾，向孔鼎義磕了個頭。

貳

這家人在村裡還有親戚，一個娘舅，一個叔伯哥哥。孔老爺子都找了，他們不受。

「總不能推給我吧？」

「怎麼是我推給你的呢？是她爹媽把孩子交到你手裡的！」

談崩了，老爺子把盛孩子的背簍擱於娘舅家門口，拽孔鼎義離開。將出村，孔鼎義擺脫手握，返身奔跑。老爺子沒喝止，等他挎背簍回來，嘆了口氣。

孔鼎義：「小孩的爹，給我磕過頭了。」

東黃莊田廣土肥，農貸一垮，愈富裕的村子愈招災。爺孫在西河澇，是個窮村子，窮村子好存活。比刀的男女尋來，在村西租房住下。

男人每日練刀，一年後登門。男人：「五年前的喜峰口，大砍刀可是揚了名。」一九三三年，日軍南侵，在喜峰口長城受阻，二十九軍以中式砍刀對付日本刺刀，肉搏戰幾度占優。

二十九軍常聘民間武人，孔老爺子是成名四十年的刀術名家，歸隱前也曾軍中傳藝。喜峰口戰役後，民間傳說二十九軍刀法有個氣派名字，叫「破鋒八刀」，是孔老爺子畢生絕技。

男人：「二十九軍你教過，我教過，許多人都教過。怎麼砍日本的刀法，成了你的？」

老爺子：「老百姓寡知少聞，誰名頭大，就拿誰說事——這都想不明白？」

男人一笑：「明白了，再會。」

老爺子詫異：「不比刀了?敗了我，破鋒八刀就是你的。」

男人：「這個月，日軍占了京津，管它是誰的，我得去報效國家。」

臨出門，老爺子追一句：「力上刀尖，做到了?」男人答：「沒有。活命回來，再向你討教。」

他的女人留下了，女人小他十歲，出自習武人家。武人家的女兒，最好嫁給武人。戰亂，女人最好躲在鄉下。纏綿三日，離村時，有一念浮想，等他歸來，她已生下個小孩。

一九四五年，日本投降。比刀的男人沒有回來，女人沒有孩子。她買下戶小院、五畝核桃樹，一直住在村裡，人稱元姑。

參

一九四八年，城鄉普遍以米易物，拒用法幣。法幣是一九三五年發行，以外幣兌率為本位，取代銀本位的銀元，挽救過一九三四年國際銀價上漲造成的金融危機。

戰時為彌補軍費虧空，法幣過量發行，日本投降後，百元法幣值兩粒大米，戰前百元可買兩頭耕牛。國民政府發行金圓券取代法幣，一元等於三百萬法幣。

收養的女孩長大了。

叫青青。

孔家炕上，爺爺居中，東牆根睡著她。西牆根是孔鼎義的位置，晨光初起，爺爺不在，他調身，見她被下露著一段腰，剛煮熟的大米粥般熱烈白潤。

他二十七歲，未婚娶。他喊：「青青，爺爺出門了！」她驚醒，撩被而起，套褲下床。

小腿肚上似有個人臉的酒窩。

刀法如神的爺爺如一個尋常老人，痴呆了。他在村口山頭，山頭一棵枯樹，掛滿從遠方飄來的碎衣破紙，似果葉滿枝。

他臉貼石面，聽缸一般。青青頂風走來，趴下，和爺爺臉對臉：「聽什麼？」爺爺開眼，瞳孔衰了，色澤比當年淡下一層。

「三千里外，萬物榮升。」

遠方，壓抑灰霧。傳聞東北又興戰事。

榮升，是鍋缸人對缸裂的稱呼。

青青一笑起身，牙齒白瓷般好看：「回去。」牙齒顯現一身骨質，骨氣如刀，迫人追隨。爺爺爬起。

至家，補了會兒覺。天光大亮，三人如三塊烤白薯，散著不同氣味。農家閒時多，醒來便是你看我我看你，不耐煩這樣，孔鼎義用了早飯便出門。

山地利用不高，百畝為地主，五十畝為中農。爺爺當了半輩子名武師，有積蓄，當年選此村歸隱，置下三十畝核桃樹、三十畝柿子樹，以物易物，口糧不缺。走鄉鍋缸，是出門找樂子，武人閒不住。

青青過十六歲，爺爺腦子便壞了，不覺已是兩年。年輕時刀口爭名，損神過烈，英雄收場，往往晚年成呆。

核桃近冬方熟，此時懸在枝上，簇簇如青桃。核桃樹具君子儀態，主幹挺拔，樹皮白潔。孔鼎義坐樹望著坡下。

下方是元姑核桃林，一個黑壯漢子穿林而行，醉態踉蹌，他叫二堡，腰挎一柄日軍指揮刀。

三年前日本投降，各地日軍遣返回國前，普遍賤賣物品。此村偏遠，未來過日軍，戰爭結束，日軍物品卻流過來，牛皮挎包、純棉軍靴、錫水壺……

軍刀長三尺二，柄鑲藍翡翠。小販說藍的軍銜高，次一等是綠，黃的更次，紅色最低。換了百斤小米，村人皆說貴了。五十畝地雇一個長工，一年酬金加伙食不過七百斤小米。

辦下這張狂事的只有二堡，他是個本村破落戶，給缺勞力的人家打短工，偶爾乘醉騷擾元姑。

記憶裡，元姑會武，不該任其騷擾……

元姑正在林中，見到二堡，慌了兩腿，三五步給追上撲倒。二堡擾元姑，是村人談資，往日也就是在路上攔攔，挨幾句罵便跑，更像是賣醜耍鬧，元姑也笑。

今日二堡動手剝元姑衣服，身下的她沒有罵音。

孔鼎義奔下坡，是丈夫目睹妻子不忠的憤恨，直衝到二堡身後，起腳踹出三步外。元姑扯開的衣裡，是青青晨時的腰身，剛煮開的泱泱白米。

一身冷汗，扭頸見二堡抽出軍刀。一張宿醉未醒的臉，醉酒的人身重手快，醉酒讓肩膀放鬆，手快過常時。

軍刀開刃，孔鼎義抄起旁邊一支鐵鏟。給樹根鬆土用的，柄短，未足兩尺。

長刀祕訣是打轉，與敵兵器碰上，不做回撤，以碰觸點為軸，轉劈敵面。短兵器破長刀之法，也是打轉，比長刀先轉——軍刀達三尺二，一轉便至咽喉。鏟子不夠長，要邁步補救，總是稍慢……

揮鏟迎擊，軍刀一碰後常人般回縮。孔鼎義頓時放心，不容它再劈，鐵鏟旋轉，拍在二堡額頭。元姑驚叫，鳥鳴般清脆，女人的氣血與男人如此不同。

「暈個把時辰。自己會醒。」

「噢，你手下留著分量。」元姑背蹭樹皮慢慢站直，悠悠整衣。地上的二堡，如一塊海中的老礁石，孤苦無依。

她是個漂亮女人，孔鼎義轉身上坡。將入自家林子，回身見她跟在十步外，對上眼光，她便不走了，道：「說說話。」背身坐於坡上。

她的背影，廟裡神像般端莊。孔鼎義莫名氣弱，走去蹲在她身側。元姑：「你家林子多幾畝，願不願意？」

孔鼎義：「能麼？」

元姑：「我的賣給你。」

孔鼎義：「你要去找你男人了？」

元姑：「他要活著，早回來了……待在這沒意思。」

孔鼎義：「要走也別賣，女人得有個家底，我幫你養林子，賣得了錢給你留著。」

元姑：「你是個忠厚人。出去，手裡得有現錢呀，你不買，我就賣別家了。」孔鼎義嘆口氣。

元姑身子挪開半尺：「你要真心疼我，也可以不賣，咱們兩家的林子合一起。我長你四歲，說大也不大，你爺爺我能照顧好。」

孔鼎義無聲，元姑抬頭，見他表情，隨即一笑，唇齒鮮豔：「我的忠厚人，你是真沒懂呀。」孔鼎義反應過來，下巴輕顫，一個遙遠的記憶，一九三四年刀破衣褲後她坦然而立的身姿。

男人喜歡女人，瞞不住。她鬆快了，揚手將一粒石子扔下坡，石子無聲而落，覺得自己像那粒石子，平淡地有了著落。

十多年沒撒過嬌，一陣腰痠緩緩襲來，她掏上他脖頸，臉縮在臂彎裡：「你閒了這麼多年，是等著娶養大的女孩吧？」

驚覺被一下抱起，本要揮拳抵擋——她壓住動勢，任他抱著，只覺愈走愈快。孔鼎義少年時便有正經人的英俊，沒幾年長大，果然堂正，武人家女子喜歡男人有仁義相……

心思正亂，猛地摔下，睜眼，被扔在了二堡身上。孔鼎義的堂正臉被怒火扭曲，吼了句：「騷貨！」

返身上坡，山貓般急速。

正午刀光燦，元姑入迷地擺弄軍刀，二堡醒後，見她雙眼盲人般失神。她：「我男人上戰場，不知弄死了幾個日本兵，他不是機靈人，弄不死幾個——以後再煩我，一定弄死你。」

肆

午時日烈，村頭砂石灘來了輛大篷騾車。沒有篷布，蓬架上掛滿日軍用品，後面一輛掛車，篷布嚴實。法幣廢止，金圓券不敢用，鄉鎮仍是以物易物，掛車裡是換來的實物。

做這生意的青年，彌勒佛般矮矮胖胖，引來整村老小，其中有青青和爺爺。他人稱「老安」，老是尊稱，對穿鄉賣貨者，村人多稱老。

此趟有新貨——軍用披風，風衣雨衣兩用，價廉，改做桌布窗簾也合算。

孔鼎義下山吃午飯，見爺爺套土綠色披風坐在門口，如一個放哨的日本兵。青青沒做飯，等了半晌，她回來了，抱著一疊披風。她給爺爺換了一件後，覺得便宜，又去換了。

披風有土綠和咖啡色兩種，她給孔鼎義換了件咖啡色的，咖啡色質地更好、代價更高，僅換此一件。老安換貨是賒帳，一件二十斤核桃，講好入冬核桃熟了再取。

女人天性喜歡做生意，快感比男人大，她沉浸在一次完美交易中，容光煥發。不想掃她興，午飯後，孔鼎義套著咖啡色披風上山了。

待在核桃林裡，是習慣，他沒別的地方可去。待得久了，能聽出核桃生長的聲音，小豬吃奶般叭叭作響。也覺得滿園核桃在吸收自己精氣，曾恐怖想到，會老的。

後來，也不這麼想了，掩埋了此念。他沒別處可去。

晚飯回家，掛了土綠色窗簾，鋪了土綠色桌布，炕東牆貼牆懸了一片大布，數件披風合成，以為做牆紙，防牆灰脫落。房子確實老了。

不料，入睡前青青將大布拉開，罩住了自己睡覺範圍。越過爺爺，孔鼎義望去，炕上如立著一尊出嫁的花轎。

手工不細，大布上存著單件的領口、釦子。

「她到歲數了……」孔鼎義莫名難過，似被萬物隔絕。

老安在村口多留了一夜，支起座軍用帳篷。隔了夜，村人想出披風另有的種種用途，第二天又來換貨，青青帶爺爺也來了，她沒再要，看熱鬧消遣。

近中午，村人回家做飯，青青扶爺爺最後離去。老安：「再待會兒，給你看樣好東西。」從掛車裡搬出一隻手搖留聲機，搖出〈人海飄航〉，男女對唱，上海調調的拉美風情。

少女對男性特有的警覺，令青青陰下臉，扶爺爺走了。

孔鼎義回家用過午飯，又上山去了。青青端碗盛了幾塊煮白薯，到村口老安處，冷眉冷眼遞上：「什麼玩意兒，再給聽聽？」

帳篷裡有張折疊行軍床，馬紮式結構。老安介紹，探戈歌調是拉丁美洲舞廳的伴奏樂，不登大雅之堂，一個音樂學生被說成「你能當個探戈樂手」，等於說沒有音樂天賦，聽了會哭的。

但中國人拯救了探戈，〈人海飄航〉的演唱者白虹、嚴華，是上海的歌王歌后，將大紅大綠的探戈提純為水墨畫。聽此曲，須放鬆，半夢半醒，滋味方真。

青青躺在行軍床上，老安搖起留聲機。床面繃得緊，布料厚實，如躺在人身上，肉乎乎的……

老安如痴如醉，端著留聲機，向行軍床靠近。青青驟然驚醒，張臂拍打，卻給留聲機阻隔，老安騎在她腿上，一手壓著留聲機，一手撩開她腰間衣襟，向上掏去。

青青覺得胸口被握住，整個人攥成一團。女人屈從本能的表情，最為動人，老安撤去留聲機，伏下來，卻脖頸一冷，如遭刀鋒。

抵在血管上的，是掰斷的膠木唱片，裂口如鋸。

老安：「小心。會出人命的。」青青將另一條胳膊從老安身下抽出，掄圓了一記耳光。

青青跑回家裡，在陰綠綠的布帷裡，捂著被老安握過的左胸，單盤腿坐著，兩耳血紅，心口漸酸。

下午四點多鐘，老安抱一箱軍襪軍鞋尋到孔家，向青青致歉：「送你的，遮遮羞。」青青涼了眉眼，道：「拿回去吧。你要真有誠意，把留聲機抱來吧。」

老安抱紙箱回去了。

再來時，孔鼎義已歸家。除了留聲機，還有三張膠木唱片，青青問那張掰斷的呢，老安：「壞了，聽不成。」青青：「在我這，壞不了東西。」

老安又去取了。熱汗淋漓地回來，展示了留聲機用法，青青學會後，孔鼎義出於禮貌要留老安吃飯，青青：「不用。」

臨睡前，孔鼎義問換留聲機得多少斤核桃，綠幔裡應一句「沒多少」。之後無聲，他也沒話了。

次日，孔鼎義早早上山，望了眼村口，砂石灘上的騾車帳篷還在。中午歸家，見爺爺拿出多年不用的鋦缸工具，在鋦掰裂的膠木唱片。

青青在旁看著，入迷的眼光，孔鼎義蹲到她身側。拉弓旋鑽的頻率，似能影響人身血速，他自小一看便迷。

鋦子與鋦缸的不同，給金碗用的，不足一寸，細如初生嬰兒的指甲。金碗，不是整個金質，是碗口鑲了金邊，大富之家方有。鋦缸人到一村做活，雇主不管食宿，吃了住了要給雇主家小孩買糖，以示謝意。鋦金碗，則雇主管食宿，還須好酒好菜。

直徑二十五釐米的唱片，用了兩顆金碗鋦子，當年四尺高的大缸亦不過三鋦。孔鼎義些許哀傷，爺爺腦子壞了而手藝未衰。

青青無此概念，盡是喜悅，要孔鼎義和爺爺躺到炕上，搖起留聲機。白虹、嚴華的對唱，流暢無阻，拉美妖氣經過上海式簡約，格外輕佻。

孔鼎義莫名地喘不上氣，難受異常。很久。辨清，是殺人放火的念頭。他忍了一會兒，終於跳下炕，不及看青青表情，奔去了林子。

套著咖啡色披風，蹲在核桃樹下，覺得自己像座墳。誰想老安敢找來，背個軍用挎包，張口叫「大哥」。

他以勢在必得的自信，表明心意，看上了青青。他是山東人，家裡有老婆，娶青青，按上海話講為「兩頭大」，都是夫人，不分妻妾。不要女方嫁妝，他的聘禮為二百斤上等麵粉、二十個翡翠刀把。

刀把已帶來，解開挎包，抖落在地上。

各色均有，翡翠價跟軍銜對等，藍色最高，綠黃居中，紅色最低。藍的占了半數，誠意十足。翡翠可做首飾，刀身不值錢，所以截去。翡翠刀把在鄉鎮，相當於清朝的銀元寶。

孔鼎義：「厚禮啊。」拾起個刀把，「你過手的刀多，沒見過刀法吧？刀法真傳——以身就刀。」

就，北平土語，逆反之意。以身就刀，身體跟刀反著來。劍和槍是進攻性武器，身體和兵器對成一條線，便於衝刺發力。而刀是防禦性兵器，敵人兵器襲來，身體要從刀後閃開。

孔鼎義握刀把，如刀刃仍在，砍向老安，身體與刀如扇貝開合，敏捷漂亮。七八刀下去，老安看得血熱，不禁叫好。孔鼎義止住，將刀把塞入他手：「你沒懂我意思。」

老安：「——要砍我？」

孔鼎義蹲下，兩膀兜起，將頭罩入披風。

披風褶皺，如龜甲紋路。再抬頭，地上沒了刀把。去林子高處，見村口砂石灘上帳篷已撤，過一會兒，車也去了。

白砂石在夕陽光照下，紫色陰影，似黃金萬兩。

伍

老安駕著騾車，兩輛美國別克轎車轉過山道，風馳而過，兩枚黑色魚雷般射向西河滂。

孔鼎義中午回家，見青青拆了披風改的窗簾桌布，說村裡來了位怪人，縣長陪著。此人一見村人的日軍披風，就盜汗氣喘，停在村口石灘上，要高價收購，卸了全村的披風，才進村。

「能有多高？」

「不論好壞，一件一百二十二塊金圓券。」

一百二十二塊是天津大學教授月工資，等於三萬六千六百萬舊幣，數目太大，彌蓋了鄉鎮對新幣的不信任，村人都賣了。

逢當交易，她便神采奕奕。孔鼎義褪下咖啡色披風，去了屋裡，炕上清爽，不見了青青遮身的床幔。

忽然，有興趣看看那怪人。

穿淺灰色中山裝的是縣長，怪人披美軍騎兵的黑色披風，寬大飄逸，相形之下，日軍步兵的緊湊型披風更像農家雨衣。

他攜錢而來，兩大皮箱。付錢時，親切叫出兩位老漢的名字，驚了村人。他叫沈飛雪，依稀記得，是元姑男人的名字。

男人在村裡練刀一年，少交往，但都見過他，相貌大不同——十幾年過去了，也該有變。得了好處，便覺親近，村人認了他。

披風買盡，堆在一塊燒了。黑煙沖天，旗桿筆直。眾人簇擁著他，入村尋元姑。

元姑少出門，是病了。半村人促到院門口，她散著頭髮，在給藥爐煽火，眼瞼如將腐蘋果般灰黃。

聽到男人回來了，她怔怔站起，理了下頭髮，即被沈飛雪抱進屋。縣長招呼村人離去，邊走邊說，還有好事。

閉上門，沈飛雪便放開元姑，退後鞠躬：「嫂子。」他是個冒名者，元姑男人未立戰功，武漢會戰時，死在他身邊，兩人是普通士兵。

潰敗中，部隊間相互收編，他報自己是沈飛雪，曾傳授二十九軍「破鋒八刀」。一九三三年，喜峰口長城與日軍的肉搏戰，是中方不多的勝利，全面開戰後，尤顯珍貴。

這份資歷，得一位營長賞識，升他做警衛隊長。機會一來再來，輾轉多部後，他成為管四個團的軍需調度司長，顯露運作天賦。戰後，部隊進城，將日軍霸占的民族企業，多定為漢奸資產沒收。

他倒賣沒收貨物，幫上司賺了大錢。今年八月，為抑制通貨膨脹，政府推出新幣，他作為財經人才，監管兩座城的金圓券發行。金圓券的本質，是置換市民手裡的金條銀元和英鎊美元等外幣，政府擁有真實財富，才好扭轉金融危機。

市民愛國，他又會宣傳，稍加強制措施，成績卓然。對到手的民間浮財，按官方慣例，有獎勵分成，應當應分。他深感此生足矣，果斷退役。

他的一切，始於「沈飛雪」一名，想給元姑建座別墅。

對死去的男人，元姑沒哭沒問，道：「我住這十五年，煩了，你要想報恩，把我帶到城裡去吧，給買個洋房單間，有電燈熱水就好。」

冒名者賠笑：「嫂子，城裡不敢待了。給你建別墅，是我要住過來。」

內戰已起。抗日中期，美軍介入，政府戰略是引導美軍與日軍決戰。取消了自身的決戰身分，趁亂謀利的心理普遍滋生——時至今日，尚看不到一點恢復鬥志的跡象。

萬一政府被推翻，按爭天下的歷史傳統，敗方人員歸隱鄉間，便不會遭清算。「破鋒八刀」是光榮名號，最壞情況下的護身符，他要繼續當沈飛雪，與元姑做夫妻。

答應他後，元姑哭了：「我男人笨，能跟上個聰明人，是我的福氣。身子朽了十幾年，你要想動，就動動吧。」

他上炕後，向她敞開的軀體磕了個頭：「你們夫妻是我這輩子的貴人，大哥給了我財，你保了我命。往後幾十年，敬你如敬神。」

他屬於軍隊腐化的部分，是個玩女人的好手。平息後，她覺得這輩子也不求什麼了，老天補償她了。她睡去，他陪著，沒起身。

片刻醒來，她想起一事：「你也是個笨蛋，我男人說什麼，你就信什麼呀。河北地界的老百姓，都說破鋒八刀是孔老爺子傳的。」

縣長跟村人講的「還有好處」，是沈飛雪要在村裡買地，三倍高價，即買即付，鄰著元姑林子的人家有福了，最可能被選中。

元姑陪沈飛雪尋到孔家，買地三十畝，五倍高價。一進門，青青便被沈飛雪的氣派鎮住，端茶倒水，迷迷怔怔。孔鼎義道：「雙倍就好，你蓋別墅時，順手給我蓋座兩進兩出的套院，雕梁畫柱。」

沈飛雪：「宅子占地是算在我這三十畝裡，還是你家餘地？」孔鼎義語調冷峻：「你那三十畝。」

「可以。但有一樣，你家老爺子給我按個手印。」

字據是要孔老爺子承認，他沒去過二十九軍，破鋒八刀是沈飛雪專利。五倍地價本是給孔家的好處。

爺爺被請來，雙手互插在袖口裡。孔鼎義去抽胳膊，死死不動。縣長叫隨行人員幫忙，四個壯漢上前，僵持半晌，爺爺雙肩扭轉，四人學步小孩般，晃出三兩步，綿綿倒地。

沒有發力，是以角度破去四人重心。腦子廢了身子沒廢，武藝仍在——

孔鼎義失神：「爺爺不願意，算了。」元姑：「是老人沒聽懂。這樣吧，他不按，你按。」孫子可以證明祖父的事，應當應分。

縣長和兩位村老作為公證人，簽字畫押。事畢後，沈飛雪盯上青青：「姑娘，你是這家人，也按個手印吧？」

元姑喝止他：「慌什麼，足夠了。」

陸

毀林建房，調來舊部的一支工程兵。在長官家門口，不敢擾民，白砂灘上搭起二十座帳篷，自備軍需日用，除了打井水，輕易不入村。

元姑被接去城裡住過幾日，回來帶了幾箱新衣，村人問為何不長住享福，她答：「他忙。」

核桃林賣後，白天裡孔鼎義守在柿子林。一日她過來了，距三步遠蹲下，說在村裡十幾年，她把自己待成了一個村人。在城裡，處處彆扭。

沈飛雪人不錯，落回村裡，再相處吧，後面有幾十年。再後面就是死了，人死便

改了習慣，下輩子生到城裡去──

說話時，她一直在順垂髮，手遮著面。

說完了，就走了。他沒搭上話。

元姑著新裝在村裡走，青青碰上會追看，回來會講。炕上沒了床幔，一天早晨又見了她小腿上的酒窩。隔幾日，孔鼎義掏錢，向工程兵雇了輛騾車，帶她進城。

騾車是運磚用的，車斗大過炕面。轉一個大彎時，青青失穩，跌向斗尾，孔鼎義撲上，將她壓住。顛過彎道，孔鼎義起身，青青臉上一層汗，油膩的亮。

臨近城的一個村，村口支著老安的軍用帳篷，青青不下車，便一個人過去。換貨的村人剛走，老安在補午飯，見他嚇了一跳。

孔鼎義：「問個事，怎麼你就提親了，我家青青有什麼好？」老安憋了會兒，道：「她歲數比我小，但覺得像我奶奶──比奶奶還大，她的命有一千年，她那雙眼睛太安靜了，靜得我一望就怵。」

孔鼎義沒搭話，老安悶了半晌，問他是否改了主意。孔鼎義：「你人實誠，會賺錢，但走鄉串巷，不著家，真沒法把青青給你。」

老安：「唉，大哥，你上次要這麼跟我說，不就成了。何必動刀呢？」

出了帳篷，孔鼎義有種贏得友誼的欣慰感，上騾車時，特意看了下青青眼睛——覺得老安有口才。

回程中，駕車的兵停車解手。附近無林木，慘禿禿的，兵一尋便出去好遠，轉到座土坡後面。

車斗裡裝了大大小小的紙盒，等久了，青青掏出一雙富家太太穿的紅毛絨拖鞋，放在膝蓋上，撫貓般撫著。

此行最得意的，是買到個收音機。十餘年前，上海廠家生產的收音機是奢侈品。二戰後，美國收音機零件傾銷，上海的組裝銷售商擠垮上海廠家。雖價格減半，仍屬高檔，在中產家庭中並不普遍，三十戶能有一戶。

買時，感到售貨員的敬意。孔鼎義掏出收音機，扭一下開關，又迅速闔上。一聲無信號的忙音，已令他滿足。

抬眼，見一顆淚滴在紅毛絨上。

「青青，怎麼了？」

許久，她言：「我就是覺得，我們能帶走城裡的東西，但這個城，我們帶不走。」

孔鼎義惶惶站起。望不見什麼，城市方向，霧氣蒸騰，如一攤巨大的灰色髒水。

青青流過淚，心情便好了。回到村，招呼村人來家裡聽收音機，神氣活現。收音機裡，是漫長忙音。

村裡有打井水的兵，請來問了，方知此地無電台信號。那兵對收音機高度評價，「頂級玩意兒，短頻的，能收軍事電台。可惜戰區太遠，但你要有耐心，連開好幾天，準能聽到一句半句。」

村人們很掃興，青青叫孔鼎義亮別的東西。還有十來個紙箱子，用麻繩綁著。他緩過神，道聲：「給看。」

城裡繫的麻繩不會解，摳了兩下，差點掀了指甲。他尋到炕西自己臥處，從席下拎出把刀。爺爺一生正式比武，皆用此刀。清朝腰刀款式，尺寸嚴格，弧如雁翎，四道血槽，具反刃。

劃開紙箱，殺人一般。

連破八九箱。來聽收音機的人裡有元姑，衝上去，自後面摟住他，貼耳低叫：「鼎義，你瘋啦？」

元姑把村人趕走後，跟青青說了很久的話。

孔鼎義靜下，取出爺爺鋦缸坐的馬紮，在房門口坐到晚上，元姑離去時他也打招呼，青青遞來晚飯他也吃了，只是覺得腦子糊塗了，想不了事。

睡覺時，鑽進被子一閉眼，便到了次日清晨。見炕中央空著，習慣地喊：「青青，爺爺自個出門啦！」

她沒掀被下床，鑽出條胳膊，展在炕上，剛煮熟的米粥般白熱：「哥，你是想要我麼？想要，就要了吧。」

孔鼎義覺得大腦二十八年來前所有未有的清澈：「你是我養大的，我是你爹。」

他自己去找爺爺了。小孩離家，總躲在一個地方，家畜躍圈，也只會藏在一個地方。爺爺的地方，是村口山頭，掛滿碎衣破紙的枯樹下。

趕到時，山風颳來一片爛襯衫，老鷹般落在樹尖。爺爺跪地不走，孔鼎義去拉，反被震出，跌到五步外。抬頭，見爺爺臃腫臉龐似生出稜角，眼中昏庸不再，是自小熟悉的高手目光。

爺爺：「怎麼是你來了？青青現在是個姑娘，還是你女人了？」孔鼎義驚得立起，爺爺嘆了口氣：「還是個姑娘？」

孔鼎義不知自己臉上是何表情，淋了石灰的腐蝕之痛。爺爺：「你從小脾氣大，跟你爹一樣天生仁義，覺得娶了青青，當初收養她就不是仁義事了……」

裝傻，清晨躲出去，是盼著男女躺在一張炕上，糊裡糊塗成了。但每回青青來山頭領他，一望便知，什麼也沒有發生。

爺爺：「半個天還黑著，回去吧，這就要了她。要了，心就不苦了。」

孔鼎義片刻痴呆，忽然衝上將爺爺推倒，抓起把土拽在他身上，瀕死野獸般嚎叫：「你不配當我爺爺。混蛋！」

衝到柿子林待到太陽旺，尋到工地，求大兵聯繫沈飛雪回村，有急事。工程部隊是挖戰壕的效率，別墅已具模樣，模仿法國十八世紀貴族城堡，看似日軍碉堡——八年抗戰，當兵的對此更熟悉。

他們沒電報，說下午送料大車回師部，可打個電話。他未歸家，一直等在工地，飯時大兵要給他一份，他拒絕了。

候到第二天中午，沈飛雪到來，見面就道歉：「兄弟，別急。這麼點兵，得建了我的，再建你的。」

孔鼎義：「沒急。兩進兩出的套院不要了，把我家門窗換了，給抹個水泥地面就行。」

沈飛雪笑了：「這麼便宜我？不懂了。」

孔鼎義：「託你給我家姑娘找個城裡人家，有錢、有文化、有官銜——年輕俊朗，一表人才。」

沈飛雪帶他去元姑家吃飯，路上他追問幾次，都沒明確答應。元姑家換了門窗，抹了水泥地面，貼了美國式牆紙，灰綠和暗玫瑰色相間的條紋。

元姑去做飯時，沈飛雪講：「兄弟，你家姑娘怎麼來的，聽你嫂子說過。打我手裡，你也賺了錢，何必把她給了城裡？」

孔鼎義：「……她喜歡。」

沈飛雪：「那也好辦，你帶著錢帶著她，到城裡去做人。」

孔鼎義：「做不來。」

沈飛雪：「怎麼做不來？你老哥哥我，還不是一農民，做到了今天。」

孔鼎義：「你用了多少年？女人好時候短，沒有二十年。」

沈飛雪默然，片刻找回話：「鬼都知道你喜歡她。」

孔鼎義：「喜歡跟喜歡不一樣。這輩子第一眼見她，她四歲。善舉，要善始善終。」

沈飛雪拍拍他肩膀：「兄弟，這事我不幫，造孽，你過幾年會恨我。」

孔鼎義：「習武的有一絕，認人臉準。江湖暗算多，記不住人，死得快。十四年前，元姑男人找我爺爺比刀，不是你這張臉。」

沈飛雪的手從他肩膀撤下，擺於桌面：

「城裡朋友對我別墅好奇。屋子能住人，還得兩三月，但他們等不及了。我再讓小兵們趕一週的工，就招呼他們來，辦個露天 party。你家姑娘有看上的，我去說。」

在他手背拍了拍，孔鼎義：「我記錯了，是你。」

元姑端菜上來時，見沈孔二人老友般親密。

柒

一週，孔鼎義和爺爺沒說話。老人不敢恢復正常，仍每日痴呆。對青青，也一樣，只在一週後，告訴她：「咱家得了元姑家不少好處，她家招待客人，人手不夠，你去幫個忙。」

幫忙的還有其他村姑，端茶送酒。來人不少，搭了六張乒乓球案，四張台球案，一座四十米長的涼棚，可坐談飲酒，備有棋具。

院中保留幾株核桃樹，青青發現樹杈上坐著個抽菸的人，背頭油光，鼻眼少女般精緻。青青：「你怎麼不跟大家一塊玩呀？」那人眉宇不屑：「他們？」

青青搭不上話，持酒盤走開。他卻跳下樹，追上：「姑娘，你的襪子和鞋不配呀。」鞋襪是上次跟孔鼎義進城買的。暗紅色半高跟皮鞋，米黃色薄綿襪。青青慌了：「真的，怎麼辦？」他：「——那就不穿襪子了。」

青青無概念，村人常光腳穿鞋，聽了便摟腿脫鞋。他：「幫你。」接過酒盤，青青單足而立，摘下一鞋，順手脫襪，身子一晃，扶在他肩上——

涼棚裡的孔鼎義和沈飛雪互看一眼，共生震撼：她喜歡這樣的人。

青青忠於職守，未與抽菸者耽誤久，又去送酒水了，一圈下來，有一人取酒，搭了會兒話。後來，她被一個涼棚裡的人攔下，教她下跳棋。

棋子為花心玻璃球，分成六色，可六人共玩，沈飛雪在上海買的。她和他貼肩而坐，時而爆發尖叫，不知是連走了四步還是五步。

別墅還住不了人，為趕回城裡，天光初暗，便開晚宴。土耳其式烤羊肉，前幾日，孔鼎義砍樹燒成的木炭。

元姑紫紅色旗袍，鑽石項鍊，沉浸在女主人身分的喜悅中。涼棚備有紅酒和烈酒，她受不了紅酒酸味，伴了羊脆皮，只喝烈酒。她漸漸失控，取了撥木炭的鐵條，要演示破鋒八刀。

沈飛雪：「別讓你嫂子出醜。」孔鼎義趕去：「放下，不是玩意兒，我陪你回家取刀吧。」十四年前，元姑和男人來村裡落戶，帶著兩把不開刃的練功刀。

她斜了眉眼，說不清是醉意還是傷感：「你記得清楚。」探出小臂，讓他扶走了。不敢挨她身，手托她肘部，兩人下山。入村後，四野黑下，元姑整身子倚過來。孔鼎義肩頂住，上身筆直地走出二十多步。元姑閉了眼睛：「鼎義，你回去吧，我一個人能走。」

又出去二十餘步，她：「我男人回來了，我也知道後面幾十年什麼樣了。挺好的，不變了。」推開他，順著路邊的樹，一棵棵行下去。

旗袍將她腰身裹得豐盈，自後面望去，高髻長頸，婀娜儀態。看她過了五六棵樹，孔鼎義竟有一絲不捨。

元姑溜達著，也覺得自己走得好看，不是女人跟女人比來的、不是男性眼光審定的。她沉浸在這種好看裡，覺得此生前苦後甜，到今日甚至是幸福的……

忽然，腋下裡掏進一隻手，抄麻袋般被人橫起來，抄進林子。想到：「我是有男人、有後面日子的人了。」登時掙扎，被抽了兩記耳光，一下沒了氣力。

心念：「鼎義，你毀了我。」一陣難過。

回到別墅，客人基本走光，烤羊肉的篝火旁殘留著二三人，涼棚裡亮著馬燈，沈飛雪在躺椅裡，身上蓋了軍用毛毯，已醉去。

孔鼎義環視四周，搖他：「我家姑娘呢？」

青青也不在家。自家趕回，再搖，這回他醒了。孔鼎義要他發動村口工程兵，提馬燈手電搜山。遭到否定：「兄弟，你家姑娘要真跟個男人待在哪塊林子，搜出來，她難看，大家都難看。」

孔鼎義眼角近乎迸裂，沈飛雪：「不是大不了的事，也就是瘋一晚上。到了白天，她回來，你什麼也別說。她要是有福氣，碰上的男人好，眨眼就嫁過去了，要沒福氣，你就當她還是個姑娘。」

兩人喝了酒，孔鼎義蓋上條軍毯，在涼棚裡睡了。

到了白天，青青沒出現。昨夜歸城的客人是分批走的，沈飛雪醉得早，只送了第一撥人。

「是後面的幾撥人帶走了青青？」

「好辦，我回城一問，全清楚了。」

次日，沈飛雪回來，無青青下落。孔鼎義急了：「都是你選來的人，怎麼會查不到？」沈飛雪：「我選的是重點。party是朋友搭朋友，我約了幾人，他們再約人。當晚客人裡，我一半不認識。」

孔鼎義要自己進城找，沈飛雪勸他：

「你進城認識誰呀？乾著急。我有思路了，沒人看見，說明帶走青青的人是一個人開車來的，才有這可能。範圍一下小了——」

計畫裡，和元姑處一晚，第二天早晨走。但元姑冷淡，說孔家的事急，沈飛雪覺無趣，當即走了。

等消息的日子，孔鼎義都在聽收音機，燒炭般的電磁忙音。不休不眠地聽了三日，花白了大半頭髮。

第四天，元姑尋來，見爺爺在做飯，不禁奇怪，爺爺仍是痴態，問不出話。每日都是爺爺做飯，孔鼎義不離收音機，拿上便吃。

元姑入屋，聽到一句「投降，是你們唯一的出路」播音。女聲，氣勢洶洶的正義感，不知哪塊戰區飄來的流音。一句過後，又是忙音。

孔鼎義調著波段，手近乎痙攣。忙音漫無邊際，元姑湊近坐下：「我後面的日子沒了——怨不上你，是我沒福氣。這村不待了，告個別。」

孔鼎義置若罔聞，元姑痴痴望他，忽然眼裡生神，上前捏捏他腕骨，變了臉色，自後面抱他，鼻子貼上他脖頸。

一會兒，分開，自語：「原來你是這個味呀。」眼神哀傷。

party上的紅酒，二堡偷了幾瓶，不知道偷開瓶器，夜裡想喝酒，取出日軍指揮刀，橫在桌面，斜著酒瓶，以刀尖挑木塞。

元姑推門而入，一把捏住他腕骨，再一把揪住他領口，拉近聞了一聞。推開，宛然一笑，假嗔的嬌態：「要了，好歹把我背回家呀。我醒的時候，受了半夜涼，你算什麼男人？」二堡知趣而笑，一副做了元姑一、二十年男人的自信：「哎呀！那天我太慌了，給你賠禮了。」

元姑抄起指揮刀：「刀把上的翡翠賠給我。走，去林子。」

二堡：「還去林子？」

元姑：「我是有男人的人，去我家，我受不了，在你這，我嫌噁心。」

核桃林裡備了八盞燈籠，元姑劃洋火一一點了，道：「是男人，得對辦過的事負責。我對說過的話負責，我說過，再煩我，一定弄死你。」

地上擺了兩把練功刀，一塊磨刀石，一把削刃的鋼齒。「把刃磨出來，我用。你用軍刀。比武。」

二堡明白過來，認賭服輸神情，倒有男子氣概：「你一刀劈死我算了，別比了。」

「我沒殺過人，下不去手。比武，才好弄死你。」

二堡削出刃形後，磨了一會兒，兩臂痠痛：「太麻煩了，軍刀的刃是現成的，別磨了，你用軍刀，我用這兩把。」

「我是個女人，又多年不習武了。你天生力大、手快，不累到一定程度，比武是不公平的。」

二堡磨好刀，後背盡濕，天色將亮。兩人換刀後，二堡一臉認命的坦然：「十幾年前，村裡人說破鋒八刀是孔老爺子的，現今村裡又說是你男人的，到底是誰的？」

元姑：「我男人的。破鋒八刀，是劈、剁、掄、撩、掃……」小腹劇痛，軍刀刺入肝區。

二堡棄刀而逃。雙刀如剪，嗶地撩起，斬上他小腿。

蹦出兩步，雁翎刀頭自他身後擦肩探出，橫向一旋，帶得整個身體懸空轉了半圈，木頭般砸在地上。斬開一道深槽，血湧如泉。

不在咽喉，在臉上。

他連爬帶滾地逃了，望著狀如蛤蟆的背影，元姑不禁笑了。刀尖還在腹內，刀把斜在地上，如個建房支架，支撐著她。

天光初亮，爺爺跪在村口山頭枯樹下，望西天殘月，不知想何心事。元姑披著沈飛雪留在家裡的風衣，背上斜扎兩把練功刀，行上坡來。

元姑：「孔老爺子，我不問你真呆假呆，只想看看力上刀尖？」爺爺呆滯的眼神轉出老江湖的精明：「你要走？」

元姑：「十幾年了，該去找我男人了。不是城裡那個，戰場上那個。」

爺爺嘆口氣：「刀給我。」

握刀憑空一抖，刀尖輕吟如哨音。

元姑一臉欣慰：「力上刀尖，原來這樣。」

士兵們未起床，白砂灘上排列的土綠色帳篷肅穆端莊，在矇矇晨色中，有古戰場的幻覺。元姑走過，風衣下襬滴著血。

轉過山坳，歪在一塊巨石上，石下是徐緩水流，灤河支系。順石面滾落水中，展平身體，似躺入棺材。

陽光明媚，水溫清涼，有一絲幸福感，她斷了呼吸。

捌

入冬，老安來取核桃了，雇了幫工，駕八輛騾車來。跟村人產生了糾紛，村人將披風高價賣給了沈飛雪，準備以差價付給老安錢，還是賺了，不料金圓券八月份發行，入冬後已貶得一文不值。

村人沒了披風，還要交出核桃，當然不甘，老安帶的幫工多，挨家挨戶闖門，見院裡堆著核桃便硬搬。尋到孔家，見院子骯髒，窗戶破漏，孔鼎義一身露架的破棉衣，坐在屋檐下，握著個酒瓶，眼神和他爺爺一樣痴呆。

老安大驚：「兄弟，你怎麼搞成這樣了？青青呢？」

孔鼎義呵呵笑道：「沒了小半年了。」

問嫁人了還是病死了，他只是一路傻笑。老安冷了臉：「你家可是欠了我六百斤核桃。」

孔鼎義：「還核桃呢，地都賣了。」

老安明白，不管多少錢，現今都貶值沒了，吩咐幫工：「家裡有什麼搬什麼。」片刻幫工出來：「裡面就一個生病的老頭，實在沒什麼可拿的。」

老安：「不會呀，起碼有個留聲機。搜。」

屋頂和柴堆，都捅過了，沒有。老安踢了孔鼎義坐的馬紮一腳：「你是不是都換酒喝了？」見院牆外走過幾個搶得了東西的幫工，喊進來，給孔鼎義留下兩麻袋核桃。

老安：「留著做藥費，給老人治病。青青回來，跟她說說我。」

出院門時，孔鼎義笑嘻嘻地向他招手，從懷裡掏出張黑物：「不留念想了，拿去。」

老安接過，磨損得如砂紙的膠木唱片，鑲了兩顆金碗鍋子。看印刷字跡，是白虹、嚴華演唱的〈人海飄航〉，青青掰斷的那張。

孔鼎義背麻袋到縣城，診所街對面有家酒鋪，他站診所門口駐足片刻，轉而去了酒鋪，進門摔下一個麻袋：「這袋換酒。」

坐在酒鋪裡，腳踩剩下的麻袋，望著對面診所，滿臉是淚地喝酒。酒盡時，將腳下麻袋踢開三尺：「老闆娘，這袋也換了吧。」

爺爺鬚髮盡白，躺在髒成黑格的席子上，狀如死人。孔鼎義跪在炕下磕頭，泣不成聲。

爺爺忽然開眼，銳如刀光：「哭什麼，去找個玻璃菸缸，要厚。」孔鼎義驚得直腰。爺爺：「快！我等不了多會兒了。」

沈飛雪別墅已完工，坐在客廳壁爐前抽雪茄，一花臉一青衣在演梅派名劇《宇宙鋒》單折，齊衣齊妝。鑼鼓齊全，七位樂師。

清末至民國的歸隱，有一個前朝未有的標準——家裡養戲班，方為有身分的歸隱。

孔鼎義突然衝入，舉一南瓜大石塊，石塊扔在沙發上，即走了。沈飛雪本能捂了頭，打開胳膊，百思不得其解，抬手彈雪茄菸灰，發現沒了菸缸。

六角楞紋的菸缸，上海浦道奇玻璃廠出品，義大利工藝，壁厚三點二一釐米，底厚一點八釐米。回家，見爺爺手撐炕面，不知坐起多久。

接過菸缸，爺爺虎嘯龍吟的一聲低喝，奮力摔在地上：「這種玻璃，磨出的鑽石最真。年輕時，我用這手藝應過急。」

玻璃碎渣，鑽石晶瑩。

老人坐姿不散，垂頭逝去。

沈飛雪出了事。一家虧了核桃的村民，認為他得為金圓券貶值負責，找上別墅。別墅有五名保鏢，三條步槍，很快趕走。

事後，全村聚會商議，推斷別墅裡藏著不貶值的金條外幣。按沈飛雪性格，派村中長輩去正式談判，不求全賠，多少能給點補償。

正討論什麼比例合情合理，突然站起一人，破口大罵：「別忘了，當初人家給的是天價，不記得占便宜的時候，光記得吃虧，咱們是個什麼村，咱們是幫什麼人？」

說完就走了，是臉上落了刀疤的二堡。其實虧的核桃沒多少，人人生慚，達成「能占的便宜，也是能吃的虧」的共識，散了。

晚上別墅來了竊賊，先偷了桿步槍，摸到沈飛雪臥室，逼他說藏款處。在部隊裡能冒「破鋒八刀」的名號，沈飛雪本會武，搶上去制住強盜，但腿上挨了一槍。便昏過去。

他勒著賊人脖子，挨搶後頓喪氣力，賊人強壯，心知控制不住，最後使了把勁，二堡。

片刻疼醒，保鏢們已趕到，見賊人還在懷裡，竟給勒死了。掀開蒙臉布，是村人

別墅聚會過後，村裡沒了青青、元姑兩位女人，二堡家有村人丟的幾件東西，其中有元姑一隻耳環、青青的紅絨毛拖鞋。鄉老推斷，兩個女人被姦殺，屍體扔了河。

村人尋到孔家告知情況，見孔鼎義躺在床上餓得失形。村人要給他餵粥，他拒絕：「身子裡的酒癮趕不走，只能餓出去。」

紅絨毛拖鞋放於炕頭，他沒動沒看。

沈飛雪殘了條腿，從城裡醫院回來，整日在家看戲。一日孔鼎義來了，洗了頭髮、洗了臉，瘦得滿腮皺褶。拿著塊黑布，盛一粒蠶豆大亮點。

十三個切面的鑽石。驚了戲子樂師，沈飛雪保持冷靜：「兄弟，這也太大了……」

孔鼎義：「假的，但手藝費工夫。給你，換身走鄉賣貨的行頭錢。」

沈飛雪：「書房談。」

傳統書房配兩間密室，一間念佛靜坐、一間存藥物補品。靜坐間掛滿元姑和沈飛雪合影，不同服飾，接她進城一次所照，像十年影集。牆上有廟宇大殿造型的壁櫥，打開，是元姑祭台，牌位刻「亡妻闞智慧」字樣。

名字裡大大咧咧地用「智慧」二字，像她辦的事……

孔鼎義濕了眼：「青青的紅絨拖鞋，不是人沒了的當晚丟的，一直在家裡放著，給二堡偷走是以後的事。她倆不見得死了，只是咱倆不知道在哪兒。」

沈飛雪：「我也盼她活著，但也要這靈牌。兄弟，快改朝換代了，這東西保我平安。」

河北部分地區已有土改，打土豪分田地，聽說槍斃了不少惡人。他得保證自己是個好人，靈牌證明他是沈飛雪，他還要個證明——破鋒八刀。

冒名多年，自己編過八刀，可惜家傳武藝，刀法並非所長。找到元姑後，元姑露了露她男人的刀法，才知行家的刀法是另一個概念。

元姑只教了五刀，留下三刀，說他證明了能跟她踏踏實實過日子後，再教他。

「你給補三刀，我給你什麼都行。」

行家刀法大同小異，元姑的五刀是劈、剁、掄、撩、掃，老爺子傳的八刀裡也有，孔鼎義加上抽、拉、刺，此三刀才是破鋒八刀的獨門祕藝。

「破鋒的鋒字，指的是日軍刺刀。刺刀扎來，刀背自下兜上敵槍向後帶，叫抽，用刀面壓上敵槍向後帶，叫拉。」

沈飛雪：「刺呢？」

孔鼎義：「一抽即刺，一拉即刺。最狠的刀法是刺，劈掄太漫，對付小日本，是他刺你也刺。」

沈飛雪嘆服：「破鋒八刀不愧是一代國技，保過喜峰口長城，保我，足夠了。」

串鄉賣貨，用單軸雙輪的驢車。車篷是個玻璃櫃，三層琳琅滿目的首飾。車轅插一面大旗，上書「義大利珠寶」。

生意做了兩年，明說是假鑽石，價廉物美，鄉人喜歡。一日牽驢歸來，見家門口坐一位抱小孩的婦女，城裡人衣著。

貨郎都衣著鮮豔，孔鼎義黃衣綠褲，西裝款式，紫紅色領結。她是青青，道一句「你可真好看！」一笑便不可收拾，直至肚疼，揉小腹蹲在地上，村裡大媽大嫂一般。

院牆依舊，換了青汪汪的新瓦。她在屋門前止步，似怕回到當年，「我去過廣州，也去過東北。現今找到了要嫁的人，孩子是個累贅。你能不能像當初養我一樣，養了她？」

別墅那晚是誰帶走的她，孔鼎義無心問了，答應了她這句話。

她明日即走。晚上，小孩子躺炕中央，他在西牆她在東牆。聽孩子呼吸放緩，知道睡著，青青摸到孔鼎義被窩前：「湊近了說說話？」

容她鑽進，從未熟悉的氣味。她：「當年我爹把我扔給你，扔了，你就要呀？」「他給我磕過頭了。」一抵住她襲來的雙肩。

她的額圓，懸月般靜止。

「你是孔家人，跟你說說家裡事。爺爺在二十九軍沒教刀，只叫士兵操刀時，隨著口令，先跺腳再出刀。養成跺腳習慣，戰場上刺刀近身，不自覺地會跳開半步。」

她：「破鋒八刀不是咱家的？」

「世上本無破鋒八刀，老百姓傳說的。去過二十九軍的武師多，都傳過刀法，何止八刀？」

聊出許多刀法的事，後半夜，感她身子一鬆，知她睡著。

天明，送她走。送過兩個村子，到大道口的大車店，給她雇了輛敞篷騾車。她坐在車尾，車動後，忽然揚臉：「爺爺把聽水缸將裂的祕訣，傳給了我。想不想聽？」

孔鼎義追上。青青遞手，他抓住她腕子。

她：「爺爺說一口缸就是一條命，裂了，等於花開。」

「花開什麼聲？」

她小臂一轉，將腕上他的手脫落。

她的手在他臉前握成拳，隨即張開，猶如花開。

指節間似有微聲。

一九五二年二月，新政府槍斃了貪污官員劉青山、張子善，孔鼎義建了棟寬敞作坊。七月的一日，左眼夾單片放大鏡，磨一塊鴿子蛋大的碎玻璃，突然警覺抬頭，見窗口站著一人。

那人頭髮花白，洗得褪色的藍黑制服，口袋插兩支鋼筆。他進來，拿起工作台上一把殺豬刀大小的木尺，胸前比畫：「記起我了？我女兒呢？」

他是青青的父親，當年棄女時，曾向孔鼎義亮過刀。

孔鼎義啞了半晌，道：「領你看。」搶出門去。

他跟著孔鼎義上山，他現在是個下派幹部，來村裡搞土改，正是沈飛雪怕的人，一路客客氣氣，問了幾次女兒近況，孔鼎義都是啞的。

至別墅，兩人趴上圍牆。

陽光嫵媚，沈飛雪坐在輪椅上練著破鋒八刀，有模有樣，傾心傾力。遠處幾位戲子在排演，一個女孩坐旁邊，是青青的女兒，已四歲。

她胖乎乎的，入迷觀看。

孔鼎義指向她。

青青的父親：「這麼多年，她還沒有長大？」

孔鼎義點點頭。兩個男人望著那女孩，都濕了眼。

倭寇的蹤跡

壹

萬曆十五年十二月十二日下了半日毛毛細雨，南京老城的春色仍遙遙無期，在更寒冷的北方，一隊錦衣衛騎著快馬，忍受著鼻耳的凍痛，將名將戚繼光的死訊帶進了京城。

明朝建立了完備嚴密的文官體系，為防止唐朝地方軍藩亂的重演，武官一直備受壓抑。建軍掃蕩東部沿海倭寇、建藩威懾蒙古部族，令戚繼光對近乎四十萬軍隊有了控制權，成為本朝唯一有造反能力的武官，他被貶為庶民後便匆匆老死。那日神宗皇帝穿著鑲有暗紅色繡紋的黑色龍袍，在書房文華殿得知了他的死訊，未做任何批示。

十五日後地方官員的正式報本呈上禮部，禮部例行公事般地寫下了十五行悼文，下發戚繼光家族，對其一生功績沒有提及。這十五行平淡的詞句，在福建浙江廣為流傳，令戚繼光舊部唏噓不已。

南京的冬季只有蜘蛛與螞蟻，驚蟄春雷過後，土下爬出了蠕動的肉蟲。南京城門外，一個拿著根長棍趕路的青年，因一隻迎面飛來的馬蜂而停下步伐。馬蜂紅黑相間的肚腹，猶如神宗皇帝平日的龍袍。

青年右眼角有一小小的三角形疤痕，應該是少年時與人鬥劍的留跡。這一點創傷改變了他眼皮的形狀，不管目光如何犀利，右眼仍顯得呆滯。飛近的馬蜂，蜷起了尾部殷紅的鉤刺。他呆滯地看著，手中棍子突然一道亮光閃出。

馬蜂綠黑相間的腹肚切成了兩半。

青年手中的是一把長長狹細的寒鐵，離官府正規的柳葉刀型相去甚遠，更像是十五年前禍亂邊海的倭寇所用的倭刀。這種刀比明朝兵營配刀要長出一倍有餘，與倭寇驚人的彈跳力相配合，曾在戚繼光調任浙江前的一五五五年創造了一個奇蹟。

一股七十人的倭寇從杭州登陸，竄入安徽蕪湖，沿途搶掠婦女四十名，加上黃金珠寶共裝了十六輛大車，他們的隊伍變得累贅，但仍然貪婪地殺向南京。當時南京駐軍有十二萬人，經過兩日激戰，南京駐軍死亡四千人，傷者數字未做詳細統計。

而檢查倭寇屍體後，發現仍有四人逃脫，遍體鱗傷地推走了一車珠寶。當然也有另一種說法，說這七十倭寇其實被盡數殺光，那一車珠寶是駐軍統領貪污的。

雖然青年將長刀插回木棍的速度只在眨眼之間，仍然驚擾了附近的茶館店鋪。隨著青年目光呆滯地踏入城門，南京城中便有了「倭寇進城」的謠言。

消息上報到駐軍處「海道防」衙門，調查任務委派給十夫長劉凱。多年以前掃蕩倭寇時期，南京駐軍曾派一批士兵去浙江戚繼光兵營接受訓練，其中便有劉凱。他現在統領十人，外加炊事員一名，他當年接受的訓練是「鴛鴦陣」，就是五人一組，三人拿藤牌掩護，兩人拿長矛進攻，以對付倭寇詭異的刀法，頗有奇效。

當年學到這技術後，劉凱就被調回了南京，一直沒有施展的機會。想到自己的十個人正好組成兩個鴛鴦陣，勝算頗大。

為防止兵變，明朝的軍隊隸屬於地方，由各省總督巡撫控制，而軍備也由文官負責，軍隊兩百年來一直受到苛刻待遇，不但沒了造反能力，甚至不能正常發展。軍備差得令人張目結舌，士兵的鎧甲上只有屈指可數的幾個劣質鐵片，大部分是硬紙漿所塑。劉凱穿了十二年的紙漿鎧甲，此生的最大願望就是能得到件真鎧甲。接受任務時，海道防官員笑嘻嘻地囑咐他：「你要能捉到那倭寇，我就批你一套全鐵的，保證跟京城的禁衛軍一樣，又薄又亮。」

夢想著穿著一身真鎧甲，敲一敲能發出令人心醉的音質，十夫長劉凱開始了行動，帶著兩個鴛鴦陣走上了街道，登時引起轟動。

從春秋戰國時代起，北方的破落權貴便將南京作為避難歸屬，整族地遷來。為了長途跋涉的安全，每一個家族蓄養有武士團，這些武士在南京繁衍，一代代地為一代代的主子服務，武士團與房產地產一樣，是祖輩人留下的遺產。千年積累，南京城武林高手的數量為全國之首。

當倭寇進城的消息傳來，南京各大家族的武士團聚會商議，他們已經歷了太久的平靜歲月，為了將手刃倭寇的榮譽歸本家族，各首領經過激烈討論，決定遴選出最優秀者，和那名倭寇一決雌雄。他們在烏衣巷設下擂台，激戰三日後，各武士團均損傷過半。

各大家族都有在深山修煉的高手，為了家族榮譽，紛紛趕回，有的在半路相遇，一言不合便抽劍相刺。南京城門從此常有傷病員由擔架抬進，偶爾還有棺材到來。

南京城中已亂作一團，而那名被懷疑是倭寇的青年卻蹤跡全無。

貳

秦淮河兩岸有著各色尋春場所，河中亦常年漂泊著雙層彩船。由於明朝前一個時代——元朝毫無節制的開放政策，大量的印歐白人湧入漢地，肆無忌憚地經商傳教。明初已對這些外來人種進行了限制，他們的後裔一代遜似一代，甚至淪落煙花柳巷。

「地中海」號彩船豔名遠揚，因為居住在船上的是五名異族女性，波希米亞人種（注：波西米亞族即吉普賽族），淺淺的棕紅膚色，有著黑藍的瞳孔、閃亮的眼白，她們的肌肉質感滑膩，骨架充分舒展。

她們都有著中文名字，一個叫貝慕華的色目女人已經招待了一個客人整整三天。客人持一根長棍到來，有一隻眼皮下垂的右眼。他拿出一錠銀子，要了十壺酒擺在床上，然後他蜷縮在床角，一壺一壺地喝下去。

他喝得很慢，彷彿心事重重。貝慕華數次企圖爬上床，均被他動作巧妙地一掌推下，然後一錠銀子落地。他待了三日，喝下了三十壺酒，貝慕華每晚都睡在甲板上的藤椅裡，握著一天多似一天的賞錢，心裡尚能平衡。

第四日，地中海號彩船上的女人得知了武士團打擂台的消息，聽到英俊的新生代高手都出動了，便吵鬧著要去看。貝慕華精心化妝後穿上了一件本民族多褶花裙，胸衣開口處插了一大簇白蘭花。五個姊妹下船時，那位古怪的客人走出閣間，手中的長棍伸到船梯上空，劃下後攔在貝慕華身前。

五姊妹發出哄笑，貝慕華翻了翻眼睛，抬頭說：「你怎麼又想通了？」嘆了口氣，轉身邁回甲板，伸臂搭住客人雙肩，對姊妹們嚷了句：「你們先去，我隨後到，最多遲半個時辰。」

客人嚴肅地收回棍，雙肩撐著貝慕華全身的重量，脖頸直挺地走回了閣間。

貝慕華拔出了胸口的白蘭花，將多褶裙脫落，客人呆滯的右眼竟有些羞澀。當她赤裸的胸膛逼近，客人像個第一次接觸女人的小伙子般產生了輕度暈眩。貝慕華知道，這是自己異族氣息的作用。之後，客人便陷入了深沉的睡眠。

半個時辰後，他仍未醒來，貝慕華穿戴整齊，準備下船去看打擂台。當她拉開閣間的門，見到船下靜悄悄地站著四十個英姿勃發的青年漢人。他們均是衣襟短小的緊身武士裝，第一排手握長槍，第二排手握柳葉刀，第三排是張開的弓箭。

這個陣形的外圍是藏在附近民居店鋪中的百姓，四個色目女人亦躲藏在其中。這四個女人觀看打擂台時，聽聞了打擂台的緣由，敏捷地想到了自家彩船中的持長棍客人。波希米亞民族性格熱情奔放，她們馬上大喊大叫，致使擂台賽中斷，所有新生代高手奔向了「地中海」號彩船。

各大家族的武士團均高度職業化，他們三秒鐘內便盡棄前嫌，組成聯合陣營，並高度自律地靜立，選擇了「靜觀其變」的戰術原則。

嚴肅認真的表情，令新生代高手更具男性魅力，彩船上的貝慕華看得如痴如醉。當她企圖比較出最英俊的武士時，背後伸來隻手，將她一個趔趄拽進了門內。

客人不知何時醒了，他犀利的左眼和呆滯的右眼都一動不動盯著貝慕華，兩手慢慢撫摸著棍身，一把窄窄的長刀閃了出來。

波希米亞民族天性好奇，這一匪疑所思的變化，登時令貝慕華大為傾倒，當客人說：「我教你個打人一打一個準的法子，學不學？」她立刻使勁地點了點頭。

為迎合她的亢奮狀態，客人又將棍中出刀的技巧演示了一遍。貝慕華接過長棍，發現棍子是一柄隱蔽的刀鞘，客人說：「你將棍子伸出門外，然後閉上眼睛，等著敵人的兵器來碰棍頭，只要聽到棍頭一響，你千萬別睜眼，毫不猶豫地就將棍尾掄上去！」

貝慕華信服地閉上了眼睛。

船下的新生代高手已經又站立了一個時辰，前後身衣襟均已濕透，仍然沒有疲乏的跡象。忽然，他們所有人眼睛一亮，船上閣間的門緩緩拉開，一截棍頭伸了出來，晃了晃，便再也不動。

幾大家族武士團領袖坐等在陣勢後面的一家店鋪中，他們均為白髮蒼蒼的老人。前方「棍頭伸出」的報告傳來，他們經過了激烈的討論，最後決定派一個敢死小隊去探探虛實。

這個小隊由三人組成，他們是擂台賽小組第三輪淘汰的勝出者。三人均手持柳葉刀，躡手躡腳地走上彩船，極慢極慢地接近打開的閣間門，看著突兀伸出的棍頭，走在最前面的人深沉地呼吸半晌，終於耐不住性子，探刀撥了一下。

刀面拍在棍身發出輕輕的脆響，緊接著一股粗暴的風聲，第一人脖梗子一歪，癱倒在地，兩腿抽搐了幾下，便再也不動了。

第二人和第三人面面相覷，回頭望船下的陣營中，有一個人正揮舞著兩面三角小旗，明朝船業發達，武士團的指令也搬用了海軍旗語，那是「繼續進攻」的信號。

第二人咬緊牙關，奮力向棍頭砍去，發出震撼的強音。同時，他感到一個巨大的耳光抽來，摔飛入河，濺起一股白色浪柱。

第三人回身看了看船下陣營，旗手比畫出「必有重賞」的信號。第三人額頭的汗水已很黏稠，他努力睜了睜眼睛，大喝一聲「開」，掄刀向棍頭劈下。

船下四十人頗為不忍地看到敢死隊的最後一名成員如一根木棍般硬梆梆倒下。店鋪中的幾位老人不約而同地發出感嘆：「我們遇到了高手。」

閣間內的貝慕華睜開了眼睛，回頭發出得意的嬉笑。客人表示鼓勵地點點頭，伸手拉開了後窗，一拎刀，縱身跳下。貝慕華一聲驚叫，趕到窗邊，喊道：「你走了，我怎麼辦？」客人漂浮著，說了聲：「戰鬥下去。」然後整個人潛下水面。

貝慕華握著空心長棍，想到打傷三人，投降後不知會受到怎樣處罰，也許是曠日持久的蹂躪，歷史上的波希米亞人在歐洲大陸的戰役以慘烈著稱，祖先的勇敢精神在她身上煥發了。她搬過把椅子正對門擺放，坐下，端正了空心棍，長吸一口氣，閉上了眼睛。

閣間門內棍頭縮回去後，船下曾引起一陣騷亂，當棍頭再一次探出，船下立刻安靜。店鋪內的老人們又經過了一番激烈的討論，第二支敢死隊走上彩船——

右眼呆滯的刀客在河中潛游三十丈須換氣一次，他的頭顱第七十三次露出水面時，看到了河岸上威武行走的十夫長劉凱。

劉凱身後緊跟著兩個鴛鴦陣，各是三面並列的盾牌，在盾牌間的兩個夾縫中伸著兩桿長矛。這一古怪造型吸引了一群小孩跟著亂叫亂跑，街頭民居門口站出了許多少婦姑娘抿嘴淺笑。

而河水中的刀客，望著鴛鴦陣，卻流出了兩行淚水。他搖搖頭，再一次潛入水中。

參

南京最有勢力的武士團屬於謝氏家族，此家族在東晉有一個著名人物——丞相謝安，創造了中國戰爭古史中以少勝多的名戰役——淝水之戰。

崔冬悅的先祖是謝安的貼身護衛，他十三歲時南京第一高手叫張同慶，張同慶的祖先是王羲之的家院護衛，曾經目睹過偉大字帖《蘭亭序》書寫的全過程。十三歲時，崔冬悅便擊敗了他。

六十歲後，崔冬悅已老眼昏花，掉了一顆門牙。為避免被新生代挑戰，毀了一生的不敗名譽，他選擇了離開南京，歸隱在三十里外的一座野山。他的體能衰弱到武士的底線，而他的意識依然敏銳，目睹了南京城中新生代武士的身手，憤憤不平地想到，只要自己再年輕五年，就可將他們統統擊敗。

然而，這只是個推理，所以他只能遺憾萬千地待在野山之中。野山中還有許多隱居者，雖然人與人從不交往，但每個人均知道自己是和一大群人共同存在。渺無人煙的野山，臥虎藏龍。

他們每日玩命地練著武功，棍棒刀劍劃破空氣聲以及拳腳發力時的吆喝聲，令野山太陽升起後便人聲嘈雜。崔冬悅近日聽聞到野山一日比一日安靜，在好奇心的驅使下登上了山頂，見到無數矯健身影從樹叢洞穴中竄出，他們帶著武器，紛紛下山而去。

一定發生了什麼事情，崔冬悅推測著，多次產生下山看個究竟的想法。終於，野山上只剩下了他一個人。當山上布滿修練武功的隱居者時，崔冬悅維持著前輩高手的莊重克制，當他們消失後，野山的寂靜令他忽然想找個女人。

他今日已經七十五歲，十五年前登上野山時，曾在山口一個獵戶家討過水喝。當時獵戶不在家，是獵戶的女兒招待了他。那只是個八歲的小女孩，野山的清冷空氣將她的臉蛋凍出兩塊緋紅，她喝泉水吃野兔長大，精亮的雙眸顯示出體質的優秀。

她的眼睛是眼角微微上挑的形狀，崔冬悅當時便敏銳地聯想到她長大後的風情。當她孩童的軀體變得婀娜修長，一個野山中長大的姑娘，在青春期不會懂得掩飾她親近男性的願望，她微微上挑的眼角該流露出怎樣的騷動春波？

她應該二十三歲了吧？她肯定長大了。

崔冬悅連續做了四個攻守動作，覺得力量速度尚維持在一個武士的底線上。他的成名兵器是雙槍，有一條胳膊長，槍頭根部裝飾著白色的長穗，舞動起來可以迷惑對手的視線，如果勝利到來，白穗上便會被鮮血染紅。

使用這對短槍的技巧與戰場上的長槍用法相比，更強調步法的變幻，他常常舞蹈般與對手周旋，創造一個意外的出手角度，他遞出的槍頭往往扎入對手體內，對手才想到躲避——可惜，往日的技能只能留存在腦海中，這般精彩的場面，他衰退的體能已再不能施展出來。

但他仍然有著一名武士的底線，穿上昔日的緊身服裝，看到七十五歲的身體尚未臃腫變形，近乎於二十歲小伙子的形狀。崔冬悅捋了捋垂胸的花白鬍鬚，產生了一絲自豪感。

作為曾經的謝氏豪門之最高武士，他受過無數賞賜，至今存有一些貴族的日用品，其中有一盒來自印度的黑膠，據說用黑瑪瑙提煉，可以令人轉瞬間恢復青春。崔冬悅壓抑住激動心情，手指穩定地擰開了印度鐵盒，挖出一塊黑膠，以溫水融化，然後小心地將其塗染在自己的頭髮鬍鬚之上……

崔冬悅一頭黑髮地走下山去，黑亮的鬍鬚迎風飄揚。到達山口十五年前的獵戶家，終於遇到了十五年前未遇上的獵人。獵人衰老得很快，變得枯瘦焦黃，令崔東悅無法聯想起他十五年前年輕時代究竟是什麼樣子。

獵人在屋後開墾出一片玉米地，他正在剝著兩顆冬季儲存的玉米粒，準備作為午飯。見到威風凜凜的崔東悅，獵人長嘆道：「自從你們都跑來隱居，山裡的野獸就愈來愈少，牠們都遷徙到別處去了。我現在生活困難。」

崔冬悅也感到一陣難過，扔下一兩銀子，過了半晌說：「你女兒呢？」獵人說：「她十五歲就嫁人了，我勸她還是嫁給農民，這樣生活多少有所保障。」崔冬悅詢問她的住址，獵人現出狐疑的目光，說：「你找她幹嘛？」

崔冬悅答道：「我也想給她一兩銀子。」他解釋十五年前，這個小姑娘曾給他一碗水喝，十五年後他理應有所回報。獵人感動地說：「你真是好人。不用麻煩了，你把銀子給我，我轉交給她就行了。」

崔冬悅沉吟半晌，說：「我還是親手交給她吧。」

經過了一個時辰的急速行進，崔冬悅到了南京城外的一片田地，田裡有個農夫正在犁地，準備種下今年的第一茬作物。也許他便是她的丈夫……如此想法，並沒有令崔冬悅步伐停歇，他保持速度，一溜小跑地進村了。

問了幾戶人家，崔冬悅走到村西盡頭，在一間矮小的土屋前見到了一個正在餵奶的女人。那便是她了？孩子的頭顱遮擋了她的乳房，但看到了她完整的脖頸。一路上，崔冬悅想像過她已被生活折磨得不成樣子，沒料到她還有著少婦的風韻。

農活與生育並沒有使她的體型醜化，這歸功於她少年時代歡蹦亂跳的山中生活。

她一直注視著他走來。崔冬悅走到她跟前，說：「討碗水喝。」她仰頭一笑，果然是眼角上挑的眼型。

女孩時代的她對崔冬悅的雙槍形象留有深刻印象，她說：「您一點沒變，又討水討到我這了。您還記得我嗎？」

尋找她，多因為對一個女孩的成長變化感到好奇，在骯髒破衣的包裹下，仍可以明確地判斷出，她十六歲時便獲得了婀娜修長的身形，她的眼睛如我所料般充滿風情，一閃念，崔冬悅忽然有了將她拖進屋中的欲望。

她嫁人已有八年，除了懷中的嬰兒，還有過兩個流產的胎兒。崔冬悅注意到她的眼角延伸得很長，那是尚不至於破壞她整張臉美感的皺紋。她說：「原以為嫁給農民，生活就有了保障。誰料到賦稅太重，我的生活一貧如洗。」

她說丈夫前一段時間被地主叫去，參加了與鄰村爭水渠的武鬥，斷了一條腿。現在已到了播種季節，她勢必要承擔起全部的農活，她的身體勢必迅速粗悍，獲得畜生一樣的體能。

崔冬悅掏出了兩張銀票，以農村的生活水準而言，這個數目足夠她活到四十歲，如果再節省點，這就是她一生的錢。她驚得站起，嬰兒頭顱後滑出了乳房。她將銀票一把搶在手中，果斷地說：「好，我跟你睡覺。」

女人的悲慘處境，已打消了崔冬悅的欲望，他只想幫幫這個在自己六十歲時便認識的女孩，然後高尚地走開。然而丈夫腿斷後，她多次動過去南京城中賣身的念頭，並在秦淮河兩岸做過諮詢，清楚地記得這兩張銀票的數額是一個中檔妓女的價格。

剛要開口解釋，做出無償捐贈的表態，崔冬悅已被她拉進了屋裡。她對床上的男人一陣低語，男人從床上爬起，接過孩子，單腿蹦出了屋外。

她關上了門，關閉了她男人在院中一跳一跳的身影。崔冬悅忽然覺得極度疲勞，喃喃道：「我已經七十五歲了。」她走過來，說：「沒事沒事。」便揭開了半壁衣衫，讓他見了她成熟的肉體……

經歷了她之後，崔冬悅感到周身遲鈍的神經一絲一絲地微微痛起來，關節處緊澀的韌帶已全部放鬆，好像是他十三歲手刃南京第一高手張同慶時的身體狀態。坐起身後，感到雙目靈活了許多，一切均變得格外清晰。

從五十歲開始，為了延緩衰老，他便斷絕了房事，已經二十五年未親近過女人。這女人令他對自己的肉體充滿自信，一閃念，產生重新做回南京第一高手的想法。而她懶洋洋躺著，一副「還帳一身輕」的解脫表情。

崔冬悅穿著整齊，打開屋門，向外面的男人招招手，男人抱著孩子友好地點點頭，單腿蹦來。崔冬悅與他擦身而過，走了幾步，掏出一兩銀子扔過去，說：「自個留著用吧。」男人迅猛地撲向銀子，懷中的孩子跌落在地，發出嚇人的哭叫，而男人倒在地上抓著銀子，仰頭是一張獻媚的笑臉，連連叫著：「謝謝老爺。」

沒等到她出屋，崔冬悅已經跑遠。

南京第一高手崔冬悅回到了南京，鼓舞了民眾戰勝倭寇的信心。那時「地中海號」彩船上的攻守已維持了三天，有十二名敢死隊被打得腦震盪趴在船幫，三十四名敢死隊隊員跌入河水。而人們至今還未看到倭寇的長相。

崔冬悅走入各大家族武士團首腦聚會的店鋪，見到他們雪白的髮鬚，登時後悔染髮的行為，他漆黑油亮的頭髮鬍鬚，在眾人眼中是否顯得很不自重，有損第一高手的形象？

他忐忑不安地坐下，聽著他們向自己講述三天來的戰鬥經過。聽著聽著，他瞇起了眼睛，然後詳細詢問了武士們被擊倒前的動作，當聽到他們所有人都碰了棍頭，他的眼睛登時圓睜，射出一道精光，說出：「如影如響。」

「如影如響？」眾人登時發出低呼。

如影如響——這一詞彙在三十年前曾引起南京官方的強烈好奇，戚繼光抗擊倭寇時，與他相配合的是俞大猷的兄弟部隊，俞大猷的戰士使用倭寇的民族武器倭刀，但敗下陣來的卻往往是倭寇，獲得了「以彼之道還治彼之身」的美譽，極大地滿足了漢人的報復心理。俞大猷倭刀的名氣甚至還在戚繼光的鴛鴦陣之上。

據說俞大猷從倭寇兩手握刀的動作，悟出倭寇的刀法是從棍法中變化而出的，他的兵營不訓練士兵使刀，只是訓練長棍技法，臨出戰才發下倭刀，竟能屢戰屢勝。俞大猷說長棍無刃，而一切有刃的兵器卻要從無刃的練出來。可惜，倭寇的國家沒了棍法，源水斷絕，所以刀法難以發展。

而俞大猷學來了漢人一種高明的棍法，口訣叫「如影如響」，作為俞家軍的最高機密。南京駐軍派士兵去學習，均被攔阻在兵營之外，所以只好去了戚繼光的部隊學鴛鴦陣。

崔冬悅冷笑一聲：「瞞得了別人，卻瞞不了我。我是使槍的，槍法裡也有如影如響。」一人小聲問道：「如影如響究竟是怎麼回事？」崔冬悅垂下了腦袋。

場面尷尬了半晌，一人說：「如果彩船中的不是倭寇，那我們的笑話就鬧大了。」經過激烈談論，眾人一致通過，不管彩船中的是否倭寇，一律以倭寇對待，將其擒獲後迅速處死。

崔冬悅問了句：「懂得如影如響，如果是俞大猷將軍的子孫，或是俞家軍英烈的後代呢？」場面再次尷尬，最終一人說：「事已至此，也不能怪我們手狠了。」眾人均點頭稱是。

作為最後的敢死隊員，崔冬悅走上了彩船，望著隔間門伸出的棍頭，他清楚地知道只要自己一碰，棍尾便會閃電般打來。聽聲而動——這便是如影如響中的如響。

崔冬悅以貓戲老鼠的心態望著這根棍頭，他心裡有一千種入門的方法。比如，可以根據棍頭的傾斜角度，精確地算出屋中人頭部的位置，將手中的槍投擲進去，他有一擊必中的把握。

再如，他左手槍脫手飛擊棍頭，當棍尾打出來，落空後必有一絲停頓，他持著右手槍趁機鑽入——但獵戶的女兒令崔冬悅產生了久違的激情，他悲劇般地想試試自己的反應能力是否有年輕時代的敏捷。

所以，他走近，用槍撥了一下棍頭。

在崔冬悅的意識中，他已避開了棍尾，然而他的身體只移動了半寸。

當他脖頸一歪，硬木棍般直挺挺倒地後，躺在甲板上抽搐兩腿的他，想到衣兜中還有四十多張銀票、七塊銀錠，難受地流下眼淚，後悔一個時辰前沒有都送給獵戶的女兒。

肆

南京第一高手崔冬悅被擊斃的消息，震驚了南京老城。倭寇的傳說愈演愈烈，被渲染得神魔一般，已有小股居民拉家帶口遷往外地。駐軍監察使責問為何只見武士團的民間行動，不見軍方行動？

海道防官員準備嚴懲十夫長劉凱，但劉凱已不知去向，同時失蹤的還有他的兩個鴛鴦陣。經過對臨街居民大面積的盤問，得到以下匯報：

三天前，劉凱得知倭寇在「地中海」號彩船現身的消息，鬥志昂揚地沿著秦淮河道趕去。再拐過一個彎道就可看見武士團進攻彩船的場面時，一個濕漉漉的人爬上岸，擋在路前。

他拖著一把窄窄長刀，正是倭寇的刀型。

劉凱嚴厲斥責：「你不是在彩船那邊嗎？」水中爬上來的刀客答道：「那是我在騙人。」劉凱大怒：「連我都敢騙！」

向身後的兩個鴛鴦陣大手一揮，喝了聲：「給我上。」

兩個鴛鴦陣，六面盾牌四桿長矛，一面牆般地向刀客逼去。刀客刀法凌厲，卻仍給逼到河沿。劉凱興奮地大叫：「把他逼下河！」又想到那樣刀客就逃了，於是又一聲大叫：「把他逼到牆角！」

鴛鴦陣調整了進攻角度，一袋菸功夫，刀客被逼到了街道牆角，說了聲：「威大將軍果然是一代天驕。」然後扔下刀，做出束手就擒的姿態。

少年時學到的鴛鴦陣，在中年時才用上，一用就取得奇效，劉凱的激動心情可想而知。高興之餘，完全喪失戒備之心，當劉凱拿出段草繩，上前捆刀客時，被一拳打在肚子上，疼得彎下了腰。

劉凱疼得吐出胃液，脖子上架了寒冷的刀。在刀客的要求下，六面盾牌四桿長矛扔在了地上，刀客帶著十名士兵走到河沿，說：「跳下去。」十名士兵跳下去後，刀客帶著劉凱也站到了河沿，刀客一笑：「現在該咱倆跳了。」

劉凱賠笑道：「你讓我跳我肯定會跳，但有個技術問題，你的刀架在我脖子上，我要是跳得猛了點，脖子不正好上了刀刃。」

刀客：「那你不會控制控制？」

劉凱：「我怕控制不好。」

刀客：「再廢話，我現在就劃了你脖子！」

劉凱兩眼一閉，跳下。他在水面上冒出頭後，只見到水面上露著十個士兵的腦袋，又過了一會，仍不見刀客浮出水面，劉凱興奮地大叫：「倭寇淹死啦，倭寇淹死啦！」一個士兵面無表情地對他說：「在你後面。」

刀客的刀貼在劉凱的後脖頸子上，指揮著十名士兵逆流游去。他們愈游愈遠，看熱鬧的人群在岸上跟了五十米，聽到後方又開始了對彩船新一輪進攻，便都跑去了，所以他們究竟游到何方，就再也打聽不出來了。

——聽了以上匯報，海道防官員陷入沉思，他們為何選擇了游水，要去往何方？他一一回憶南京重要官員的住址，幸好沒有一所位於秦淮河邊。也許他們游出了南京？這是最合情理的推斷。如釋重負的海道防停止了思考，準備回家到第四房太太的房中放鬆一下緊張的心情，那是一個清秀的杭州姑娘，生長在書香門第，剛娶過門三十多天。

想著第四房太太，海道防猛然圓睜了雙眼。駐軍監察使來自山西，他的大房留在老家，二房三房隨他到了南京，而他在昨天娶了四房，一個高雅的南京姑娘，她死去的爺爺是個文化名人。為表示對四房的重視，監察使特意為她造了座別宅，就座落在城西的水道旁邊——

十夫長劉凱游泳技術欠佳，已經嗆過五次水，右腿抽筋兩次。刀客向他詢問監察使的別宅，劉凱拒絕回答，刀客威脅，要把他變成一具浮屍。

劉凱終於說了，一行人游到了城西。那是一座院牆緊挨河道的建築，為了宅院中有活水的池塘，圍牆留有一個小洞讓河水流入。他們從這個小洞依次鑽入，劉凱和刀客是最後進去的，為了防止先進入的十名士兵在牆內突襲反擊，刀客又將刀架在了劉凱的脖子上。

但他高估了士兵，他們老老實實地等在裡面。這裡是宅院的後花園，刀客命令他們出水，然後掏出了繩子，將他們兩人一對地背手捆了起來，折斷十根樹枝，一一封住了他們的口，然後將這五對人推倒在草地上。

劉凱見沒捆自己，不由得感到害怕，如果他要帶自己去刺殺監察使大人，麻煩可就大了，於是主動地趴在地上，輕聲說：「捆我吧。」刀客嘿嘿笑了兩聲，一腳將他踢飛，追上去一刀刺下。

劉凱暈了過去，又被一腳踢醒，原來刀只是刺穿了他肩膀上寬大的紙漿鎧甲。刀客皺著眉，問：「這麼多年過去，部隊上還是紙漿鎧甲？」劉凱抱怨道：「就是，誰不想要身真的！我都快五十的人了，還跟個小孩似地穿著紙衣服到處跑。不是怪你，剛才咱們游了那麼長時間泳，明天非變形不可，要知道連這紙做的鎧甲還得兩年發一套。下半年我都沒得穿了！」

刀客的眼光流露出同情的神色，劉凱趁機說：「求您了，我知道您要行刺監察使，別帶我去。」刀客點點頭，劉凱伸出兩手：「捆我吧。」刀客：「捆，太費事了，我準備一腳把你踢昏。」

刀客一腳踢來，劉凱頭部剛挨到腳尖，便就勢一轉，頭部著地，暈了過去，自信樣子足以令人信服。劉凱口吐白沫，耳聽得刺客嘀咕：「真暈了？我不信。」然後聽到腳步聲到了自己腦袋旁。

刀客奮起一腳，劉凱真的暈了過去。十名士兵看睜睜看著他手拖長刀踏上走廊，悄然潛入了內院……

海道防召集了一個千人中隊，要他們帶上最精良的武器趕往監察使別宅。他在衙門前騎上戰馬，而部隊卻遲遲不出發，他大怒斥責，得到的答覆是：「最精良的武器還沒有到達。」

等了一頓飯功夫，衙門的街道盡頭，響起百姓的喧譁，兩門重型火砲艱難地推了過來。砲兵滿頭大汗地稟告：「大人，因為軍備庫在城西，衙門在城東，我們已是以最快速度趕來。」

海道防幾乎跌下馬，沒脾氣地嘆了句：「我們就是要去城西。你在城西等著我們多好。」砲兵也表示無奈：「但我們接到的命令是在衙門口集合。」

這隊人馬終於出發，一路喊叫著「捉拿倭寇，閒人迴避。」結果道路愈走愈擠，在上萬百姓的簇擁下，緩慢地向城西移去。

與此同時，「地中海」號對岸店鋪中的武士團首腦，正在耐心地和四個波希米亞女人交談。這四個女人哭訴彩船被武士團搞成了戰場，她們有家不能回，已經露宿了三天。

一名武士團首腦表示疑問：「幹你們這種職業的，還可能露宿？」立刻招來了女人們的大聲謾罵，她們表示固然她們有一千種機會避免露宿，但因為還有個姊妹待在彩船中生死未卜，她們根本提不起心情，你們漢人太沒人情味了。

首腦們被罵得狗血噴頭，準備施展武功，將她們都點了啞穴。而這時接到報告，說倭寇在監察使別宅，海道防正帶領一千官兵趕去，他們還推了兩門重型火砲——依此判斷，倭寇就應該在城西別宅中，否則官方不會如此興師動眾。

出於對官方的信任，一些年輕武士已有了趕往城西的打算。那麼，彩船中的又是什麼人呢？武士團已在彩船下進攻了三天，被打死、打傷幾十人，如果裡面的不是倭寇，是一個漢族的武林高手，就會失去了對抗外族的悲壯色彩，旁觀者只會想到南京武士武功的差勁。

但好像倭寇又確實在城西——經過了激烈討論，武士團首腦提出，難道就不能有兩個倭寇？於是大家都同意堅守。

一個首腦提出，乾脆放火把彩船燒掉，既贏得了勝利，彩船中的人又成為了永遠的謎。這個想法贏得掌聲，掌聲過後，有人提出了反對意見，叫道「誰敢燒我們的船，我們就跟他拚了！」

眾首腦尷尬地發現，四個波希米亞女人還待在屋裡。

當海道防為交通堵塞心情焦灼、武士團首腦為四個波希米亞大傷腦筋時，刀客進入了監察使的書房。

監察使曾在山西治理黃河，是克服流沙沉澱的專家，貪污腐敗的官場生活仍沒有削弱他的科學家氣質。見到一個濕漉漉的人提刀進門，監察使沒有一絲慌張，莊重地說：「明白。我早惡貫滿盈，也不問你是誰派來的了。但求你再給我一點時間，我剛有了一個讓黃河改道的靈感，請讓我寫下來。」

刀客好奇地看著他，晃了晃手中的倭刀，監察使驚叫：「你就是那個倭寇？想不到還真有倭寇——以你們的性格，見了好東西就拿——算了，科學是不分國界的，我的發明能造福你國人民，我也覺得值了。」

刀客一笑，說：「你寫吧。聽說你新婚不久？」

監察使會心地一笑：「原來你喜歡這個，好，我寫工程方案時你盡可以去找我夫人，她可漂亮呢，爺爺是文化名人，估計你這輩子就接觸過高素質的女人。」

刀客苦笑了一下，監察使親切地說：「瞧瞧，都是我不好，一下就說到了你的痛處。我明白，你在本國最多是個佃戶。」刀客上下打量了他一眼，說：「我還從來沒穿過官服。」

監察使大笑：「這容易呀。」立刻就整身衣服脫了下來，雙手捧給刀客。刀客穿上官服，指了指地上脫下的衣服，說：「你要不嫌濕的話，就穿我的吧。」監察使立刻說：「不嫌不嫌。你不知道，我治理黃河時，整天都在水裡泡著。」

他換上了刀客衣服，快步走回書案，奮筆疾書了一會，抬頭見刀客正觀察著自己，連忙一拍腦門：「瞧我這腦子，一想到科學，就什麼都忘了。我夫人的房，你出門後向左拐，見個月亮門你就進去，裡面第三間就是她的臥室。好找。」

當刺客出門後，回頭見穿著自己衣服的監察使溜出了書房，沒命地向走廊深處跑去。

刀客搖了搖頭，穿過走廊，走進月亮門，一把推開了第三間房門。

房中，窗戶處的斑爛光線下，站起了一個女人。刀客尚未看清她的面容，就又關上了房門。因為他感到了背後有一股壓力。

他的長刀點在地上，向後方劃動，做出隨時準備撩起的動勢，很慢很慢地轉過身來。他的身後三丈遠，月亮門下果然站有一人。

來人聲音低沉：「監察使私人護衛邯鋼。」

刀客：「想不到南京還有你這樣的高手。」

邯鋼：「算不上，我出招了。」

他從身後晃出了一柄板斧，一步步向刀客走來，黃昏的陽光將他的身影拖得長長，刀客呆呆地望著地上的影子，彷彿已被邯鋼的氣勢威懾。

邯鋼抓住了這個戰機，大喝一聲，斧頭劈下。刀客仍盯著地上的影子，一刀撩起。邯鋼後退了兩步，說：「這個庭院中只有我一個護衛，剩下的都是丫鬟傭人，請你不要濫殺無辜。」然後倒地，衣衫左胸部位有鮮血滲出。

刀客點點頭，再一次打開房門，背對女人坐下。女人看著他身上的監察使官服，平靜地說：「我丈夫已經死了吧？」刀客搖搖頭，說：「他是個狡猾的人，逃了。」

刀客目光仍盯著屋外邯鋼的屍體，問：「護衛邯鋼是個什麼樣的人？」女人聲音響起：「一個賭徒，欠了別人三千兩，輸掉了老婆賣了家產。前天他還和我睡過一覺，時間在中午，陽光充足。」

女人的坦白自然，令刀客詫異，回身看去，自言自語道：「果然是高素質的女人。」兩人相對沉默，半晌後刀客說：「我本不想殺他，但他要殺我。」

女人：「明白。你是為我而來嗎？」

刀客：「不是。另一個原因。」

女人的表情稍感失望，刀客說：「你想不想學殺人？我教你一個一殺一個準的法子，學不學？」女人點點頭，兩眼充滿興奮的神采。

刀客將邯鋼的板斧拾進屋，遞給她：「再有一個時辰，就入夜了。你不要在房裡點燈，在房門口掛上個燈籠，來了人不要看，只看到地上的影子，只要影子的兩腿一晃，你就一斧頭劈下去。」

女人思索了一會，驚喜道：「真是個好法子。」

刀客出屋離去，女人追出門問道：「真有好多人來讓我殺嗎？」

刀客回身：「真有，相信我。」

女人滿意地回屋了，望著女人後身的曲線，刀客說：「真讓我意外，我能否也問一句，你為什麼對殺人感興趣？」

女人回過身，展示出前身的曲線，說：「我出生在文化名族，從小被教育要當個淑女。太壓抑了。」

看著她幽怨的眼神，刀客忽然產生想和她再說幾句話的念頭，他在心裡告誡自己：「這樣不對。」但還是一步走入了屋門。

伍

監察使大人在沒命地奔跑，經過花園時，見到草地上奇怪地捆著一群士兵。「他們是怎麼回事？」——對這個問題，監察使只動了一個念頭，就經過他們，跑出了宅院。

十夫長劉凱在此時醒了，忍痛抬起頭，看看士兵們。士兵報告：「老總，倭寇已逃走了。」

聽到倭寇逃走的消息，劉凱如釋重負地再次躺下，命令士兵：「我已深受重傷，需要再睡一會，誰要吵醒我，定斬不饒。」士兵們齊聲應了聲「得令」，劉凱舒服地躺下後，聽到一個人說：「老總，此倭寇性格莫測，誰知道他跑出去是幹什麼，說不定待會就會回來，您還是先把我們放了吧！」

劉凱也覺得有理，掙扎著起身，費了半天勁終於解開了一個士兵，十根手指累得生疼，對那士兵說：「我下令。剩下的人，你去解吧。」

十名士兵鬆綁後，攙扶著劉凱向外走。即將走過大門時，一個士兵說：「監察使大人可能遇害了，咱們要不要看看。」劉凱一驚：「一定遇害了，糟了。咱們要從大門出去，以後就再也脫不了關係。」思索了一會，大手一揮：「咱們還得從水溝出去，這樣就沒人知道咱們來過。」

一夥人重新回到花園池塘，正準備一個個跳下水溝，一個士兵說：「老總，咱們來回走了這一趟，肯定有丫鬟傭人看見咱們。」另一個士兵說：「就是，我這一路雖沒見著人，但總覺得在門簾、柱子、草叢後有一雙雙眼睛窺視著咱們。」

劉凱一下坐在地上，拍著大腿叫道：「為何逼我殺人！算了，監察使大人一定遇難了，你們去把那些丫鬟傭人都殺光，官方一定以為也是倭寇幹的。」十名士兵齊聲喝道「得令」，擺開陣勢向內院逼近。

他們走了幾步又回來了，稟告：「老總，我們的兵器都被倭寇繳械了，兩手空空，拿什麼殺人？」劉凱一個耳光抽過去，大罵：「你們都是我大明的正規部隊，受訓多年，你們的兩手應該很有力量。沒有兵器，就掐死他們吧。」

十名士兵灰溜溜地進了內院，心裡都在嘀咕：「太殘忍了。」

內院中有丫鬟五名，男傭兩名，聚集在伙房準備晚飯。十名士兵衝進，聞到了一股飯菜香氣，一時均感到飢渴難耐。他們衝上前去，叫嚷道：「都別動，都別動。」抓起饅頭包子胡亂嚼了幾口，飢餓感稍稍緩解，就一擁而上，掐死了兩名男傭。然後圍住了五名丫鬟。

五名丫鬟都正值妙齡，是隨著夫人嫁過來的，從小受過文化熏陶。她們的氣質是士兵們所沒見的，一個士兵和氣地問道：「你們都是小姐吧？」丫鬟們說：「不，我們就是丫鬟。」

丫鬟都達到了這一水準，夫人的素質更令人嚮往。十名士兵彼此遞遞眼神，丫鬟們登時知道了他們的邪惡想法。但丫鬟們的文化氣質，令士兵們稍有自卑，一名士兵將手顫微微伸來，被丫鬟打飛，就再也沒勇氣第二次伸出。

明朝的文化已達到很高水準，而且從明太祖開始以文官壓制武官的制度，三百年影響所至，形成了士兵們均對讀書人普遍的敬畏心理。士兵們羞愧地圍著丫鬟，遲遲沒有行動。

丫鬟們相互遞遞眼神，一個丫鬟說道：「我們知道你們想什麼，可以。但我們五個人，你們十個人，這種搭配，也顯咱們大家都太沒素質了。」

士兵們一聽，立刻行動起來，取來筷子準備抓鬮。丫鬟們又彼此遞遞眼神，一個丫鬟說：「這種做法也太不男人了。你們就不能男人點，相互殺死幾個嗎？」一聽這話，十名士兵立刻掐在了一起。

一袋菸功夫後，一個士兵滿臉是血地從屍體堆中爬起，看看已死去的九個戰友，難過地說：「為什麼！大家怎麼就忘了隨時算算人數！」他的目光有一種大徹大悟的深沉，抬頭看著五個丫鬟，說：「現在就剩下我一個了，一個對你們五個，不會顯得素質不高吧？」

五個丫鬟：「這種組合，你簡直就是個老爺。」說完從身後拿出門栓，這是根五尺長四寸寬的硬木，重七斤，一下拍在了士兵的腦袋上……

此時，月亮門中，監察使第四夫人，拿著邯鋼的板斧，試著掄了幾下，「哐啷」一聲扔在地上，很不高興地說：「太重了。而且造型也不好看。」

刀客尷尬得說不出話。她悶悶不樂，眼光慢慢瞟到了刀客手中的倭刀，立刻叫道：「我要這個！」

刀客咳了一聲，緩緩道：「夫人，我還要做事，沒法留下給你。」她收起了小女孩神情，再次變得端莊，從地上拾起斧頭，善解人意地說：「我就用它了。」看著她弱不禁風的樣子，刀客忽然產生想抱一抱她的念頭，他在心裡告誡自己：「這樣不對。」但他還是走過去，將她手中的斧柄撥開，將她摟入懷中。

窗口灑入的夕陽光線暗淡下來，天漸漸黑暗。他和她已經有了一段融合的時光，刀客酒醉般地躺著，她乖巧地側臥在一旁。刀客左手摟著她，右手扔握著那柄狹長的刀，忽然說：「你知道戚繼光大將軍的合作者是誰嗎？」

她喃喃道：「知道，就是俞大猷將軍。你怎麼問這個？」

刀客：「別問。你知道他些什麼？」

她搖搖頭。

刀客：「那我告訴你，你要永遠記住。俞將軍有過許多高明的想法，甚至超過了戚將軍。比如，他調查出倭寇的祖國正陷入諸侯混戰，沒有建立起中央集權，不可能組織財力人力做科研，所以他們的航海技術十分低下，遠遠遜於我大明。倭寇不可能有成規模的戰船。」

她兩眼一亮：「你的意思是說，對付倭寇，不要等他們上岸，只要從海上狙擊，就能永絕後患？」

她的聰慧，令刀客感到愜意，撫了撫她的頭髮，說：「這是俞將軍的意思。朝廷沿海艦隊都是小股小股地歸各地方政府管轄，要實行這個計畫，勢必要將分散的權力歸一個人統一指揮。朝廷從太祖皇帝起，便害怕武官權力過大，所以根本不可能採納俞將軍的建議。」

她嘆了口氣，刀客說：「如果不能出海，就只能在陸地上殲敵。但朝廷歷來不讓部隊正常發展，我國軍隊其實只是民兵的素質，組織散漫、軍備極差。倭寇卻訓練有素、戰術巧妙，雖然朝廷總說是我們以正規軍來對付流匪，其實是人家的正規軍來對付我們的民兵。」

她：「是呀，我小時候聽說，倭寇個個武功高強，往往能以少勝多，將我們的部隊一擊而潰。我覺得很不正常，原來是這個道理。」

刀客激動地坐起：「既然武功勝不了敵人，俞將軍又獻上了一個建議，就是請朝廷批下銀子，大量製作火槍，以先進的武器取勝。可惜，出於同樣的顧忌，朝廷還是沒有採納。所以才有後來戚將軍發明鴛鴦陣、俞將軍發明棍法刀的事情，我們原本不必贏得這麼吃力，戰場又不是武林的擂台，非要用武藝去比拚。」

她：「但兩位將軍以最少的錢最小的戰爭規模，便解決了倭寇之患，我覺得比起用海戰火槍，這種簡便實用的作法更值得推崇。」

刀客：「當年朝廷和百姓也都是你這種想法，這是女人的想法。我們限制了艦隊火槍，別國要是不限制，日後我國只有被動挨打。可惜，平息了倭寇之患，這二十幾年的太平，令朝廷和國人都安樂慣了，誰也不會再動憂患的心思。」

女人也坐起身，狐疑地觀察著刀客：「我聽說城中混進個倭寇。現在可以說了吧，你到我家究竟是何原因？」

刀客跳下床去，迅速穿上了監察使官服，說：「將門口的燈籠掛起來吧。我保證，一會就有人來給你殺了。」然後持刀走出門去。女人叫了聲：「以後還能見到你嗎？」門外傳來刀客不帶感情的聲音：「你殺幾個人，我就再見你幾次。」

她自小生長在深深庭院，出嫁之前從沒上過大街，度過了嚴肅緊張的童年、少年，她要學習琴棋書畫、研讀四書五經，還要訓練出七步成頌的詩歌創造能力，卻從不知道駱駝、刺蝟的長相，因為她爺爺是文化名人。

嫁人後的她追求刺激，夢想在做監察使夫人的同時，還能有一種祕密生活。女人在床上坐了一會，穿上衣服，拿起門後竹竿，挑下門上燈籠，點著後，掛了上去。

她看看了月亮門下邯鋼的屍體，發現自己竟沒有動一絲的感情。她遺憾地搖搖頭，知道在自己心裡，這個死去的男人已被人取代。她進屋，拾起了地上的板斧，隱身在牆壁的暗影裡。

陸

五個丫鬟遲遲沒有趕來夫人房探視的原因，是因為那個士兵並沒有被門栓一下打死。他只是流了更多的血，女人畢竟是女人，她們再也不忍心打第二下了。

士兵頭上的血滴答落地，他看著尚且舉在半空的門栓，一動不敢動。過了半晌，一個丫鬟叫道：「你傻呀，止血呀。」士兵連忙雙手捂在了頭上。

鮮血仍從他的指縫間不斷流出，眾丫鬟相互遞遞眼神，嘰嘰喳喳地說：「算了，還是我們給你弄吧。」

士兵擁香抱玉地被攙進了丫鬟臥室，躺在錦緞床面上，聞著脂粉香氣，額頭被一雙雙纖手輪流擦拭，備感幸福。

這個小兵，來自貧瘠的山村，早早徵兵入伍，在部隊備受虐待，稍有不慎，就會招來一頓暴打。他從未享受過這種待遇，猛地就哭了起來。

這個悲傷的小兵，令五個丫鬟產生自責，後悔剛才出手太重，於是決心好好待他。

這五個丫鬟雖然從小受文化熏陶，氣質很好，但她們還是只會幹丫鬟幹的事，於是沏茶倒水、捶背捶腿忙了個不亦樂乎。小兵見她們對自己愈來愈好，更是想起了以前生活的所有辛酸，哭聲再也止不住了，哭得幾乎氣絕。

看著這個血流不止、哭聲不斷的小兵，五個丫鬟相互遞遞眼神，彼此都明白只有用最後一招了，那是她們伺候人的底線。她們從小受到奴才訓練，有一項伺候男主人的項目，叫「鴛鴦浴」。教她們的老媽子說，這一招和戚繼光大將軍的鴛鴦陣，都是天下厲害的陣勢，只要施展出來，沒可能不討男主子的歡心。

五個丫鬟一直伺候小姐，沒緣施展此招，空懷絕技多年，乾脆拿這個小兵試試。五姊妹心同此想，將一個巨大木桶抬進了房，倒入了溫水，先將小兵扔進去，五姊妹再依次進桶。

在水中的小兵，看看桶內一圈的光滑女人，止住了哭聲。

五姊妹相互遞遞眼神，道：「有效。」然後按當年老媽子教的方法一一做去，小兵立刻醉酒一般，過一會五姊妹也覺得頭暈目眩。他們暈暈乎乎地一直泡著，完全沒有了時間概念。

十夫長劉凱就一直在花園草地上苦等，直到天黑，十個士兵也沒有回來。當他幾乎絕望時，看到監察使的官袍進了花園，心中一驚：「他沒死？」連忙跪倒，說：「十夫長劉凱，拜見大人！」

頭頂上的聲音說：「你為何在此？」

劉凱信誓旦旦地說：「有倭寇進城，小人顧及大人安危，自作主張，來幫大人守著水溝，以免倭寇鑽入。請大人恕罪。」

頭頂上的聲音：「你能鑽進來，說明倭寇也能鑽進來，的確不得不防，好，我不怪你。」

劉凱：「大人智慧深似海，但小人還是晚來了一步，剛才我看見倭寇從內院跑出去了。我已經派我的下屬去內院搜查了，如果丫鬟傭人有傷亡，那一定是倭寇所為。」

頭頂上的聲音：「那你為何還守在水溝旁？」

劉凱：「我想倭寇闖入監察大人家中，不會只是傷害幾個丫鬟環傭人那麼簡單，一定另有陰謀。憑我多年的軍旅經驗，深知倭寇的詭異性格，他們特別喜好廁所、水溝這種下賤地方。所以我待在水溝旁，以防他們有下一步行動。」

頭頂上的聲音：「你是不是考慮得過頭了！倭寇既然已逃出了我家，你就應該追出去捉拿。再有片刻耽擱，我就將你處死。」

劉凱低喝了聲「得令」，低頭向宅門跑去。

頭頂上的聲音：「你到哪去？倭寇已逃走多時，你再從宅門出去，肯定追不上了。從水溝走是條近道。」

想到紙鎧甲又要沾水，劉凱一陣心疼，咬牙跳進了水溝。游出了監察使宅院，浮在秦淮河河面，劉凱又是一陣輕鬆，對剛才自己的機智應答備感滿意。將士兵殺丫鬟傭人賴在倭寇頭上，而自己在院中出現，監察使大人也沒起疑心，真是太成功了。

忽然，劉凱看到一個身影正走過遠方橋頭，雖然相隔遙遠，天空黑暗，但從橋頭的燈火中，劉凱仍清晰地從衣服辨認出，正是那被懷疑是倭寇的青年。

「你化成灰，我也能認出你！」劉凱奮力游去——

入夜後的南京，有著格外美麗的燈火。在三百年前，南京人便已開始過上了夜生活，而現今的明朝大部分都市，夜晚來臨，便一片黑暗。

倭寇的消息，並沒有妨礙秦淮河兩岸的色情生意，反而有促銷效果，令尋花問柳增添了一絲驚險氛圍，許多老客戶都喜歡這新情調。

倭寇藏匿的彩船一團黑暗，兩岸逐漸亮起花花綠綠的燈火，武士團首腦們的心情惡劣，他們很清楚，店鋪中還有四個波希米亞女人，她們一定會要求武士團解決住宿問題。

在彩船和店鋪之間有五百武士，他們有成名好漢，也有特意趕回的隱居高手，三日來只吃著燒餅白水，沒有睡過一覺。他們的體能消耗巨大，精神近乎崩潰。

而店鋪中的武士團首腦，尚且維持著在權貴家的待遇，一到餐時便有一行傭人提著高級食盒送到。當店鋪中擺滿了一桌酒菜，四個波希米亞女人開口：「我們要求解決吃飯問題。」

眾首領面面相覷，一個好心的說：「反正平時咱們喝酒也得找小姐作陪，要不就讓她們一塊吃吧？」四個波希米亞女人坐上飯桌，她們來自遙遠異國，艱辛地維持著一艘彩船的開銷，從來是自己做飯，如有客人要留宿吃飯，也都準備的是波希米亞食品。波希米亞是流浪民族，食品粗糙，好在是異國情調，將將可把客人蒙混過去。

她們已到南京兩年，今天第一次吃到漢族高檔菜餚，發出由衷讚嘆聲。又一個好心的首腦見她們高興成那樣子，趁興將酒瓶遞來：「姑娘們，這是好酒。」一個姑娘接過來，抿了一口，叫聲了：「美妙！」就對著瓶嘴整瓶喝下。

這次晚宴一共送來了五瓶酒，全讓她們喝了。波希米亞人單純直率，一高興便要用舞蹈表達對生活的熱愛，四個醉眼朦朧的姑娘熱情地說：「你們太好了，我們給你們跳個舞吧！」武士團首腦們相互看看，均點點頭。

桌椅被撤開，四個姑娘拿出手鼓、吉他，散開長髮，撩著裙子渾身上下一扭，便跳了起來。立刻贏得了熱烈的掌聲。

五百武士面對彩船正嚴陣以待，突然聽到身後響起歡快的樂曲，還有女人甜膩的歌聲。五百武士齊刷刷地轉過頭來，見店鋪窗戶中正有歌舞表演，一個武士不禁走上兩步，登時所有人都聚集在窗前。

四個波希米亞姑娘趁著酒興跳得愈來愈起勁，眾首腦高興得捋著鬍子相互說：「好，真好。」看到窗口擠滿了人頭，波希米亞人的熱情煥發了，她們說：「這裡太窄，咱們到外面跳去吧！」手拉手跳出了門外。

武士們讓出一片空場，四個女人跳得興起時，會喊一聲：「喜歡我們嗎？」五百武士會齊聲喊道：「喜歡！」

望著外面的熱鬧場面，店鋪內的首腦們均深受感動，說：「三天來，他們太辛苦、太緊張了。要沒這幾個外國姑娘，還真放鬆不了。」首腦們看了一會，忽然一人大叫：「哎呀！倭寇該不會趁亂跑了吧！」

此時門外，四個女人叫道：「一起跳吧。」五百武士都跳動起來。南京武士一貫高深莫測，見到他們搖頭扭腰，登時吸引了兩岸民眾，場面更加擁擠不堪。

武士團首腦們邁出門，大喝一聲：「停！倭寇都跑了！」場面霎時一靜，首腦下令：「快，再組織個敢死隊，看看倭寇還在不在。」敢死隊由三人組成，摸黑爬上了彩船。

過一會黑暗中傳來了三次落水聲。首腦們舒了口長氣，彼此以眼神安慰了一下，說：「還在。」

倭寇還在彩船上的消息，鼓舞了民眾，四個波希米亞女人大喊了一聲：「還在！」五百武士齊聲應和：「還在！」兩岸民眾也興奮地大叫：「還在！」四個波希米亞女人大叫：「那還等什麼，小伙子們，跳起來！」

手鼓、吉他聲熱烈地響起，五百武士跳動起來，兩岸民眾響起歡呼聲。望著外面失控的場面，店鋪內的首腦們都發出苦笑：「咱老哥幾個所能做的，就是隔一會派兩人上一趟彩船，試試倭寇還在不在。」

柒

天空黑暗後，海道防看著亮起的燈火，遙望隊伍前方道路的堵塞情況，陷入了絕望情緒。當隊伍喊出捉拿倭寇的消息，南京百姓就圍上來，將三千兵馬圍了個水洩不通。

士兵們對擁在身前的百姓解釋：「請讓開，我們是去捉倭寇，不是已經捉到了倭寇。你們怎麼就那麼愛看熱鬧呢？」擠在士兵身上的百姓們說：「這話你還是跟後面的人說去吧，我們也早想走了，但就是動不了呀！」

在人群的外圍，有一個消瘦的身影在努力地往裡擠，他是跟刀客換了服裝的監察使大人。他先開始叫著：「我是監察使，讓開讓開。」但招惹來嘲笑，旁邊的百姓都說：「這人為了看熱鬧，什麼都敢說。」後來，他什麼都不說了，只是使勁往裡擠，心想只要擠到最裡面，見到了官兵，就徹底安全了。

在人群的最外圍，還有一個努力往裡擠的身影，他便是十夫長劉凱。他在一家肉鋪前爬上岸，見到屠夫剔肉的尖刀，仗著身上的官方鎧甲，一把奪了過來，望著前方一直盯著的衣服背影，凶猛地擠進了人群。

兩人都在盡最大力量向前擠。監察使已經可以在群眾人頭的夾縫中見到海道防愁苦的臉，他興奮地呼喚了聲：「我是——」聲音便已嘶啞，十夫長劉凱的尖刀刺進了他的後腰。

劉凱連刺幾刀，大喊一聲：「我殺死倭寇啦！倭寇被我殺死了！」人群驟閃開，屍體倒地，劉凱揮舞著手中尖刀，向群眾比劃：「看看，都來看看，是我幹的！」他窮凶極惡的表情和亂晃的刀，令人群潮水般疏散。

面對突然緩解的交通，海道防喜上眉梢，一揮馬鞭：「進軍！」

三千兵馬行進了五十丈，見到了威風凜凜地站立在屍體旁的劉凱。屍體被翻過身時，海道防幾乎從馬上跌落。

經過當街審問，海道防推斷倭寇仍留監察使別宅。然後劉凱被押往死牢，三千兵馬繼續向西城進發。海道防下令：「咱們最大的官都死了。非常時期，沒法愛民如子，再有看熱鬧的百姓阻擋道路，一律格殺勿論。」

果然，看熱鬧的百姓從街角樹下又一次次湧現，走在最前面的士兵方陣齊刷刷抽出腰刀。一時間血光四濺，街面上再無一人，視野可以望到三里之外，海道防壓抑了一個下午的心情登時舒暢。

三千兵馬飛快地到了監察使別宅，兩門火砲架好。帶兩門火砲，原不想真用，只想起到威懾作用，但監察使已死，沒有必要再顧忌會損壞他的宅院。想到自己當官多年，從沒機會發射火砲，海道防豪情大增，馬鞭一揮：「瞄準，開砲！」

過了一會，仍沒動靜，低頭見砲兵站在馬前正賠笑地看著自己。砲兵小聲地說：「大人，我沒帶砲彈。」

海道防大怒：「為什麼問題總出在你身上！」一馬鞭抽下去，「沒有砲彈，你還敢推著砲來？」砲兵忍痛賠笑：「您的命令是讓我帶火砲，沒寫著要帶砲彈，所以我就只推著砲來了。」

海道防：「這還用寫嗎？大砲和砲彈是一個整體，一碼事。」

砲兵：「但在咱們國家武器管理制度上，是兩碼事。您真不能怪我。」

海道防沒脾氣了，垂頭喪氣地說：「好，我不怪你。我現在批准你使用砲彈，快回去取去。」

砲兵：「大人，為避免下一次誤會，我這回把話說在前頭。按照朝廷規定，動用炸藥性質的砲彈，得經過省級批准，要經過許多道手續——」

海道防一下打斷了他：「給句痛快話，我這種級別的官，能用什麼砲彈？」

砲兵：「石頭彈。大人，您千萬別生氣，雖說是石頭砲彈，但也要往砲筒塞些火藥，否則發射不出去。」

海道防：「能用上點火藥呀，那我這心裡還舒服點。」

砲兵：「您別瞧不起這石頭彈。雖沒有爆炸力，但一塊石頭，也能將人砸個半死。」

海道防：「別廢話了！你先給我取來，轟兩砲再說。」

軍備庫就在城西，砲兵很快回來。「噹噹」兩聲，兩塊石頭飛上了宅院上空，先後落下。所有人都感到，這石頭彈是比砲彈差得太遠，落下後連個聲都沒有。海道防又一鞭子抽在砲兵身上：「混蛋，你就不能給我找兩塊大點的石頭！」

砲兵賠笑：「大人息怒，您要知道，砲筒的直徑是固定的，就那麼大。」海道防又沒了脾氣，嘆氣道：「那你就給我多放幾砲。」

倖存的小兵和五位丫鬟正泡澡泡得幾乎虛脫，一塊圓石從天而降，擊碎屋頂，砸斷了旁邊的木床。監察使的第四位夫人全神貫注地握著板斧，猛聽得身後一聲響，窗戶旁的茶几已變得稀爛。

三十幾塊石頭彈發射出去，海道防的心情稍稍變好。此時砲兵提醒他：「大人，這可是咱南京全部的石頭彈了。您待會必須給我寫個情況說明，否則咱南京二十年來儲備的石頭彈一次用光，我實在沒法在軍備庫報帳。」

海道防輕輕地撫摸了一下手中的馬鞭，問砲兵：「用一點武器都那麼仔細，咱軍中還有什麼不嚴格的事嗎？」砲兵努力思索了一下：「可能只有殺士兵這一件事了，對此，各級領導都不怎麼審查。」

海道防大喜，吩咐左右：「把這個砲兵給我拖到一邊，斬！」砲兵的頭被一刀砍下後，海道防馬鞭向宅院門一指：「衝呀！」三千兵馬闖了進去。

士兵們衝進去後，很快捉住了在水桶中嚇得一動不敢動的一男五女。他們被綁送海道防馬前時，所有人都眼睛一亮。查明了一男是十夫長劉凱下屬的小兵，海道防下令將他押入死牢，與劉凱關在一起。

至於五個淫亂的丫鬟，海道防顧慮到雖然監察使已死去，但仍要避免他家醜外揚，下令送往監察使的正宅，交給一二三夫人處置。

在宅院的最深處，士兵們發現了一座坍塌的月亮門，進去後，見尚有一間房損壞程度不大，門口的燈籠依然亮著。這裡應該是第四夫人的臥室，靜無聲息，可能第四夫人已在石頭彈幕中死亡。

一名士兵邁步而進，立刻跌了出來，從小腹到胸口被剖開了深深一道口子，流了一會血，就氣絕身亡。連續幾名士兵都遭此下場，消息很快傳給了門口的海道防，說發現了倭寇，倭寇在殊死抵抗。

海道防在重重保護下，進入了月亮門，下令士兵進攻，目睹了五名士兵腹破腸流而死，然後詢問：「我這種級別的官員，到底能不能用砲彈？」除了被斬首的砲兵，推砲來的還有幾名，他們連忙說：「誰說您不能用砲彈？您要想用，我們就立刻給您取去。」

監察使的第四夫人躲在門旁，手持板斧，看著燈籠照耀下的門口地面，初次殺人有一種特殊的興奮。她欲罷不能地期待著再有人闖入，等了很久，忽然全身一震，倒在地上時聽到了一聲暴響，覺得身體變得滾燙。她臨死前的最後一念是：「他說我殺幾個人，他就見我幾次。他該怎麼實現自己的諾言？」

倒塌的牆面下一具血肉模糊的屍體被挖出後，士兵們響起了一陣歡呼，種種跡象表明，這便是倭寇。海道防沉浸在成就感中，對左右得意地說：「南京的武士團，是不是還守在彩船前？這幫笨蛋，早中了倭寇的金蟬脫殼之計。」

過了一會，海道防自言自語道：「可彩船中的又是什麼人呢？」

捌

看著彩船外熱烈的歌舞場面，手持長棍的波西米亞姑娘貝慕華流下了眼淚。她坐在椅子上已經三天三夜水米未進，精神一直處於高度緊張狀態。波希米亞人自古有為了愛情奮不顧身的美德，而她有著嚴重的受騙感。

很明顯，她已被刀客拋棄，愈來愈後悔三天前為了好玩掄起了長棍，而今已然騎虎難下。此時她又聽到了棍頭一響，立刻棍尾掄了上去，一個人影跌入河中。群眾爆發出「還在」的歡呼。

這是貝慕華打倒的第七十個人，當她打倒第四十個人時就已經覺得體力不支。此時聽到身後有人說了句：「真是好姑娘。」轉過身，見一個人從河水爬進了後窗，他有著一隻呆滯的右眼。

刀客走上前來，貝慕華扔掉長棍，想撲入他懷裡，但坐麻木的雙腿一癱，摔倒在地。刀客跪在地上，將她抱住，她哇哇大哭起來。他令她經歷了危險，波西米亞民俗認為，一個女人為一個男人冒了險，那麼這個男人就是她的愛情歸宿。

當刀客說：「你不想問問我為什麼作弄你嗎？」貝慕華回答：「不想。我已知道答案，你是我的愛情。」

刀客一愣，說：「但我還是想告訴你。在二十年前，有兩名抗擊倭寇的名將，戚繼光和俞大猷，他們在嚴格的控制監查下，以很少的錢、很簡陋的武器擊敗了倭寇。世道太平了，但卻種下了更大的隱患，朝廷覺得他們那種制約將領才幹的體制是合理的，因為戰爭畢竟打勝了。從長遠的意義上講，戚俞二位將軍真不該打勝。」

此時門口兩個人影閃現，刀客拾起長棍，遠遠點了兩下，人影落水後，兩岸又是一陣「還在」的歡呼。

刀客搖搖頭，對貝慕華繼續說下去：「十五天前，戚大將軍逝世，朝廷竟然沒有一份像樣的悼詞。在南普陀山中養老的俞將軍氣不過，特意派我扮作倭寇，來攪亂南京。我是俞將軍的侍衛，將軍的推斷十分準確，明朝的官兵制度的確有問題，偌大的南京竟真的被我一個人攪亂了。」

看著船外的歌舞，刀客長嘆一聲，說：「俞將軍命令我擾亂南京後要安全撤退，只要南京的混亂能引起朝廷的反思，就行了。但朝廷和民眾都麻木得太久，搗亂一下，還遠遠不夠，我準備戰死在這裡，只有血才能讓人清醒。」

貝慕華幸福地依偎在刀客懷裡，對他的話什麼都沒聽清楚。刀客說：「我現在就要出去了，你不要跟隨。」刀客起身，持刀向外走去。走出閣間，見貝慕華仍然跟隨，他嚴厲地說：「我要戰死在這裡。」

貝慕華：「戰死？好吧，我陪你。」

刀客：「不，我不能死了，還找個女人陪葬。」

貝慕華：「你不了解我們波西米亞民族，我們的宗旨就是找到愛情，只要找到了，生死都無所謂了。」

刀客摟住貝慕華走下了彩船。

他們一直走到跳舞人群中，竟然沒引起注意。看著歡蹦亂跳的五百武士，刀客備感無奈，抱了抱貝慕華，說：「算了。就算死了，對這幫人也起不了什麼效果。他們太爛了。」貝慕華欣慰地抱緊了刀客。

正當他倆要離開，一個聲音在他們身旁響起：「咦，這人怎麼穿著監察使大人的衣服？」刀客一抬手，說話的人咽喉冒血，倒地而亡。但舞蹈場面登時停止，五百武士拔出了腰刀。

經過半個時辰的血戰，刀客被刺中心臟。倒地後，他看到遠處躺在血泊中的貝慕華，想到俞大將軍的如影如響。教了波希米亞女人如響，教了四夫人如影。波西米亞姑娘取得了驚人戰績，四夫人應該也已殺人無數。

他死前的最後一念是：「四夫人可能還在戰鬥，哎呀，她殺了那麼多人，我該見她多少次呢？」

玖

這次倭寇進南京的事件的確驚動朝野，神宗皇帝要求南京寫上一份詳細的報告。

十日後，他接到了一份可歌可泣的報告，訴說南京軍民合力殲滅倭寇的英雄事跡。

陣亡的戰士、武士團首腦受到高度嘉獎；南京第一高手崔冬悅，他不顧高齡奮勇殺敵的行為感動了神宗皇帝，頒詔將其作為典型在全國宣揚；而對於海道防，雖殺敵有功，但擅自使用砲彈，破壞了制度，被革職查辦；十夫長劉凱殺敵心切，誤殺了監察使，死罪免過，發配邊疆做軍營小卒，在遙遠邊疆，劉凱終於得到了一身真的鎧甲。

十夫長劉凱手下的淫亂小兵被勒令退伍，他萬念俱灰地走出衙門時，受到了五個花枝招展的丫鬟的迎接。死去的監察史的一二三夫人都已改嫁，五個丫鬟已不再當丫鬟，她們用多年積蓄，在秦淮河置辦下一處酒樓，於是小兵成了大老闆。

至於「地中海」號彩船上還剩下的四個波西米亞女子姊妹情深，因貝慕華的死亡，不願再留在南京。經此事件，她們對倭寇產生強烈興趣，駕駛彩船出海，一路向東而去，決定在倭寇的本土上做一番事業。

五百年光陰一晃過去，人文學者考察日本舞蹈，發現有一些動作具波西米亞風格，可能就是那四個彩船女人的功績。

民國刺客柳白猿

壹

司馬遷《史記》記載，荊軻刺秦王是一個倉促的行動。荊軻遲遲不從燕國啟程，是要等待一位真正的刺客，但這位刺客沒有到，在燕太子丹的催促下，荊軻只得親自操刃，做了自己並不擅長的事情。

荊軻刺秦王的事件，令「風蕭蕭兮易水寒，壯士一去兮不復還」的唱詞流傳千古。中國文化重文輕武，認為武者不祥，對文的一面宣揚，對武的一面隱去，這是作史的傳統。所以《史記》對荊軻所等的真正刺客，沒有交待。

根據一本宋人筆記《秋霜碎語》載錄，荊軻所等的人，以「白猿」兩字為代號，是戰國著名的職業刺客。

白猿為何沒有赴約相助荊軻，已不可考，但荊軻刺秦王的事件之後，白猿退入山中，寫出一本名《靈動子》的書，分上下兩篇，上篇闡述「弒君」理論，給予刺殺君王的行為以合理性，認為對社會具有調控作用，是天道的一環，下篇講解訓練刺客的方法。此書很快被查抄焚毀。

明朝史官查清，從戰國時代開始，在遼東深山始終存在著一個刺客組織，關係著三十幾位帝王、兩百多位大臣的死亡，但那是社會陰暗的一面，所以不予記載。在《東廠密件五百七十二號》中記載，此遼東刺客組織，所有人均名「白猿」，「趙白猿」刺殺刑部員外郎楊繼盛，「周白猿」刺殺錦衣中書林潤，「林白猿」刺殺海防督臣張經……

明朝時代的女真族居於長白山東南，在永樂年間西遷到赫圖阿拉山，正是東廠密件中白猿一系刺客的藏身之所，萬曆四十四年，努爾哈赤統一女真各部，傳說便有白猿一系刺客的參與。

與白猿一系的接觸，令努爾哈赤深知他們的危險，女真族建立清朝後，五萬大軍包圍了赫圖阿拉山的新賓地帶，進行了多次搜山活動，直至燒山，三十五日內新賓山區火勢連綿，夜晚亮如白晝。

有江湖術士說此舉是造風水，女真人燒旺了祖庭，可有三百年江山。這次軍事行動，斬殺了從山中逃下的五十七人，清理火場後，發現了一百二十三具焦屍，白猿一系應該被屠殺乾淨。

但清朝入關後，最初的幾位執政者——皇太極、多爾袞、順治均暴死，康熙少年時多次被行刺；有了七十餘年的平靜後，雍正暴死，據說都是白猿一系餘孽所為。

乾隆即位後建立了嚴密的護衛系統，雖然行刺也時有發生，但都不太高明，令女真皇室膽寒的刺客不再出現，據此分析，那燒山餘孽已經老得死去，殺雍正是他的最後一擊。清朝皇室自此享受了一百七十多年的太平。

公元一九一二年，女真皇室宣布「遜位」，清朝滅亡，中華大地開始了軍閥混戰的時代，此時又有了名號「白猿」的刺客出現。

貳

一九一六年六月二十三日袁世凱逝世。按照古代規矩，只有天子才能主持祭天活動，袁世凱稱帝八十三天中，有十一天在天壇進行祭天儀式，對一個六旬老人是極大消耗，群臣均認為他是累死。

袁世凱稱帝時採用的是明朝服裝，但明朝滅亡三百年，所以挽留了一批清朝宮人做儀仗隊。袁世凱的暴死，令這些前清宮人回憶起了清朝初期皇帝的連續死亡，有人懷疑是刺客所為。

國務總理段祺瑞，對袁世凱的屍體進行了檢查，周身沒有傷口，指甲顏色正常，無中毒跡象。但有一位侍衛，發現袁世凱的左耳孔中有一點白色，挑起來見是棉花，扯出棉花，帶出了一截小箭。

原來刺客在箭尾懸上一點棉花，直接射進袁世凱耳中，血被棉花堵住，所以外表看不出來。這個刺殺方式構思巧妙，如果不是貼身射出，就是袁世凱出行時，那時群眾都在二十米外，其弓射技巧高明得有點匪夷所思。

袁世凱不是在出遊時暴斃，他逝世的地點是在自家的花園。段祺瑞判斷，如果刺客是內部人，為了不暴露，一定不會在此時間離開袁府。段祺瑞是軍人出身，很早前便從軍隊挑選體能卓越者，送去學武，學成後做自己的貼身侍衛，他派一個侍衛到袁府中逛了一圈。

侍衛歸來後說：「有個廚師舉止不同。」

這位廚師是袁世凱稱帝後，被招來的，因為會做清廷大宴，但他不是宮人出身，是一位前清老宮人所教——聽此匯報，段祺瑞仰頭長嘆：「袁公也太大意了！」

國民禁衛軍包圍了袁府，廚子被亂槍打死，死後檢查屍體，發現他的中指第二指節有一個渠形繭子，正是拉弓的痕跡。

檢查廚子的房間，發現了一本名為《靈動子》的書，在下篇刺客訓練法中，段祺瑞看到「弓射法」是最為簡單的一種，可以速成，想到不知有多少本書流傳在民間，生起極大的恐懼之心。

段祺瑞思索了一個晚上，在侍衛中選擇了最忠心的衛士，將書交給了他，說：「好好研讀，我不想死得不明不白。」

此侍衛得到這本書後，用了三個晚上將整本書背下，當著段祺瑞的面燒毀。

在天壇北門，段祺瑞蓋了座沒有門的院子，將他封在裡面，說：「你要學成，當然可以出來，學不成也就不用出來了。」原來段祺瑞將書傳給侍衛後，又擔心他學會了害自己，就用了這個方法將他困死。

圍牆中的食物僅能維持十天，十天過後，那座無門的院牆便被段祺瑞淡忘。他忙於填補袁世凱死後留下的空白。

此事過去整整一年，到一九一七年七月，段祺瑞與對手黎元洪爭取最高領導權失敗，被逐出北平後，唆使各地督軍，通電宣布要進北平「兵諫」。

當時北平護衛軍不足三千人，黎元洪接到了一個前清軍官的來信，表明自己支持黎元洪，願率兵坐鎮北平，威懾各方。黎元洪開城迎接了他的隊伍，然後便被軟禁起來。

此人是前清武狀元，官至雲騎尉，以「樹上開花」之計進京後，立刻拜見清朝皇室，君臣相見的場面感動了北平百姓。當滿城稱讚此人的忠義時，所有人都忘了，作為一個雲騎尉，他只有五千兵馬。

段祺瑞攻打北平的準備做得非常充分，日本與蘇聯爭奪庫頁島時打出了極為慘烈的攻城戰，於是專門請教了日軍，日軍派出青木中將做段祺瑞參謀，青木中將的作戰計畫達兩百三十七頁，與段祺瑞徹夜暢談，因合作愉快，還說動日軍贊助了段祺瑞一百萬元軍費——一切都顯得那麼地小題大做。

當段祺瑞興致勃勃地準備宣布開戰時，接到密報，說在雲騎尉的軍中有一個刺客名號「白猿」，如果段祺瑞發兵，便在發兵的同時將段祺瑞刺殺於萬軍之中。

這個消息，令段祺瑞遲疑了兩天。

兩日後，青木中將做出分析：「如果真有如此高明的刺客，他為什麼不現在刺殺你呢？」段祺瑞大叫：「對呀！」

雲騎尉的兵馬在四十分鐘內被擊潰。

段祺瑞進城後所做的第一件事，就是趕往天壇北門。白猿刺客的話題，令他記憶起了自己的侍衛。

當無門的院牆被推倒後，裡面沒有人，也沒有屍體，那侍衛竟然消失了。段祺瑞嘟囔一句：「難道他練成了？」強打起精神，到紫禁城要求皇上再一次宣布「遜位」。

十五年後，段祺瑞被新生勢力排出政壇，在上海當寓公，整日念佛。一九三三年，同是下野軍閥的孫傳芳被仇人打死在天津紫竹林清修院佛堂，此消息傳來，段祺瑞一日內老了許多，再也念不下佛了，於是登報招聘保鏢。

但他又疑心有仇人藉應聘保鏢來行刺，所以對應聘的人見也不見。

一天段祺瑞午睡醒來，見床前站著一人，有些眼熟。那人見段祺瑞醒來，說道：「總理。」聽到「總理」一詞，段祺瑞想到應該是自己舊部，仔細看去，原來是被他困進牆中的侍衛。

護衛說：「我將不久於人世，便想將自己的故事說給人聽，但我從圍牆翻出去後做了刺客，所行都是密事，一個親近的人也不能有，我從十七歲給您當侍衛，就只有講給您聽了。」

以下是段祺瑞三百二十五號文案的內容。

我見您僅給我留了十天食物，當天晚上就逃出圍牆，不是用武功，而是所有侍衛皮靴中都有把匕首，我用匕首摳著牆縫，十分鐘便翻出牆去。

天壇外是一片濕漉漉的草地，向北就是您的府第，我知道自己再也回不去了，您對我已心存顧忌。

離開北平，我有了許多遊歷。

才知道了中國的上層組織為黨，下層組織為幫，明朝末年東林黨人李三才駕馭幫會管理運河，開始了黨幫合作。這是把握社會的關鍵，您這一代軍閥既沒有黨也沒有幫，光靠手中一點隊伍，打了敗仗就什麼都沒了，所以不能成氣候。

現今的南京政府懂得「黨幫一體」的道理，所以比你們長久些。但他們又不懂得黨幫雖一體，卻有上下之分，往往在黨中用幫的手段，一言不合就搞暗殺，上下不明，所以有亂。

在黨幫之外的名為「俠」，行俠就是行刺，這是戰國時代《靈動子》的思想，認為刺客是天道運行的一環，盛世以道德約束人，衰世以法律，而亂世以行刺，否則人沒了顧忌，社會便將崩潰。

由於你們這一代軍閥不管幫也不管黨，所以黨和幫得到極大發展，天下之大，竟沒有黨幫之外的餘地。現在的暗殺多是幫所為，甚至更多的是黨所為，比如張振武、宋教仁、廖仲愷、陳其美，這一干人的被刺均與我無關。

我記住了《靈動子》全書，卻未遇一個俠者，於是便決定由我來做。我始終沒發現第二本《靈動子》，以此判斷，那刺殺袁世凱的廚子不在黨幫，也許真是白猿一系。

經過了一年練習，我掌握了弓射技巧。

方法其實簡單，在極度飢餓的情況下，拿盞油燈站在野外，數蚊蠅的腳。練好眼力後，在極度困乏的情況下，站在懸崖邊上，做單腿跳。

練好膽量後，造弓五尺、三寸各兩把，先練五尺大弓，射百米之外，再練三寸袖箭，射近前的髮絲，後來能用五尺大弓射中近前髮絲，用三寸袖箭射達百米之外，就算練成了。

從此我懷揣袖箭，射殺貪官污吏二十一人，土豪劣紳四十七人，每次行動後留下「白猿」名號。刺殺文華堂主席胡毅生失敗後，隱藏在安徽桐城。

刺殺胡毅生，我受了三處傷，左臂槍傷，右腿骨折，在翻上民居屋頂逃跑時，被鐵絲劃傷額頭，留下五釐米傷疤。

之所以躲在桐城，因為此地有一個「施公草帽廠」。安徽省軍務幫辦施從濱，見桐州民風強悍，失業者多流為土匪，於是創設了草帽廠，收容流民做工人，漸漸平息了匪患。草帽廠中多是下山的土匪，有刀疤槍傷者，不在少數，我混跡其中，毫不顯眼。

隱藏了三個月後，原該再次行走江湖，但一個女人令我在草帽廠中耽擱下來。施公草帽廠的商務由施從濱長女管理，我們稱她為「谷蘭小姐」。她只有十九歲，卻有男人的果斷，做過土匪的人脾氣暴躁，發作起來，她三言兩語便能將人折服，她有時也跟我們聊天，笑起來就恢復了小姑娘的甜美。

《靈動子》上說，作為刺客要不近女色，因為女人會令神經遲鈍。的確有道理，一聽到她的笑聲，我就陷入恍惚。

我知道，她在許多工人心中的地位山大王一般，也有人對她心存邪念。

一個晚上，她一直在辦公室算帳，估計要留宿在工廠。已過午夜，我走出集體宿舍，確定沒有驚動任何人後，向她的房間走去。

耳朵貼在門板上，可以聽到她均勻的呼吸。我會二十一種撬鎖的方法，卻發現她粗心得竟沒有關窗。

感謝夏日的炎熱，令她敞開窗戶。當用手碰觸到她的脖頸，她張開兩臂，做出要求擁抱的姿勢，確定她仍在沉睡狀態，我抱了她一下，就翻窗而去。

她要求擁抱的姿勢，我一生難忘。在男性氣息的感染下，那是她作為女人的自然反應。

以後的夏日，在她留宿工廠的夜晚，我都會翻窗而入，抱她一下。

一天我發現窗戶關上了，方知道秋天已不知不覺地到來。我用一縷絲線探進門縫，扯掉裡面的插銷，推開門的瞬間，我見到她坐在床上，努力地瞪著眼睛。

她沒有受過訓練，她的眼中應該是一團黑暗。她說：「誰？」我說：「是我。」便衝過去，一下抱住了她。

她在我的懷中沒有掙扎，但我迅速鬆開她，貼著地面無聲地逃逸了。她對我的印象應該只是條暗影。

這可能是我最後一次抱她了，回到集體宿舍，我倒在床上一下子睡去。

第二天，谷蘭小姐召集了所有工人，她一行一行地看過去，到我面前停住，問：「是你嗎？」我：「是我。」她：「怎麼能讓我相信？」

我抱住了她，全廠嘩然。

她推開我，說：「信了。」

她認出我，因為昨晚擁抱時，她臉上的皮膚敏感到我額頭的疤痕。

我與谷蘭小姐的戀情，並沒有發生。對於她，我已經太老了，我骨折過的右腿肌肉萎縮，還有左臂上的槍洞，對於一個女孩，過分地怵目驚心。

況且我是世上僅存的白猿刺客，為維護天道運行，我不能停歇。在桐城郊外的鳳凰亭中，我擁抱了她許久後，就轉身離去。

她身體的輪廓被楓葉染紅，她問：「臉上有疤的人，你就這麼走了？」

我：「對。」

離開桐城，我心緒紊亂，失去了一個刺客的冷靜沉著，在此時行動，無疑自殺。

我隱入九華山中，二十五日後，感到她已與我無關。

山中的清靜生活，令我愈發感到自己使命的重大，開始修煉《靈動子》技能。五個月後，我練成更高一級的弓射法，此法極為隱密，能在公眾場合行刺而不被發覺。

下山後，不由得再想去見見她。

用了十一天，我走到桐城。之所以沒有乘車，是想有改變主意的足夠時間。經過鳳凰亭時，見山上的楓葉已盡數凋零。

施公草帽廠已換了主人，做起了婦女首飾，原有的工人都已不在。經過詢問，我才知道這五個月，她的生活有了巨變。

閩浙巡閱使孫傳芳自稱「聯帥」，對抗南京政府，施從濱參與了討伐戰役，在固鎮兵敗，被孫傳芳砍下頭顱，懸掛於火車頭上，行駛一小時後，扔進洞庭湖。

谷蘭小姐在洞庭湖三天，沒有找到父親的頭顱，入殮的只有屍身。她在葬禮上三次哭昏，葬禮結束後賣掉了工廠、住宅，將母親弟妹安頓在上海，然後她就不知所蹤。

按照她的性格，一定會為父報仇。真後悔沒告訴她，我就是一個刺客。

我走遍了江南五省，也沒找到谷蘭小姐。忽然報紙上登出她結婚的消息，她去了北方，丈夫是山西總司令部情報股股長。因為婚前有相士說，這位小姐眉宇間有煞氣，所以婚後旅遊他們去的是五台山。

在五台山佛堂，我遠遠地望見了她的夫婿，一個英姿勃勃的小伙子，看得出來前程遠大。她也是一臉幸福。

五台山有一座觀音閣，據說十分靈驗，她的夫婿帶有侍衛六名，趕走了閒雜人等，讓她單獨許願。她夫婿的體貼之心，令我好一番感慨。

她走上觀音閣後，我撬開窗子跳了進去。

她瞪著眼睛，說：「是你嗎？」我：「小姐，是我。」

我們沒有擁抱。我問她許的什麼願，她說祝夫婿殺孫傳芳的計畫早日成功，我點點頭，向她告辭。

她臨別的話是：「你覺得我漂亮嗎？」我：「漂亮。」她：「女人長得漂亮，有用。」說完是欲哭的模樣。

我應了句：「有用。」便跳出窗外。

原本我是可以暗中殺掉孫傳芳的，但我沒有。

我去了傳說中白猿一系居住的赫圖阿拉山新賓地帶，對於三百年前女真人燒山的事件，當地村民仍然記憶深刻。他們給我講了許多山中怪事，令我感到真的存在過白猿一系。

我在山中無休止地遊逛，所去的都是隱密之處，渴望能遇到白猿一系。我十五歲便是軍人，過的從來是集體生活，自從翻出了天壇外的圍牆，我就一個人孤獨行走，要是能遇上一群和我一樣的人——

但我毫無所遇。我也不想再出山了，我的衣服已漸漸殘破，老死在這裡，是最佳的解脫。

在山中幾乎感受不到飢餓，滿山的花草洋溢著一股極大的活力，只要聞一聞便會有飽飽的感覺。但一天，一隻麋鹿從身邊跳過，我下意識地將牠射殺。

鹿血是烈酒一般，帶給我深深的迷醉。從此養成習慣，每十天便要捕殺一隻，除了鹿，還有豹子、鴣子、山羊、狗熊、狸、蛇，甚至還吃過一隻老虎，我感到整座山的靈氣匯於我一身。

總有一天，我將吃光山中所有動物，到那時我該再幹點什麼？

山下的村民已經開始講述我的故事，他們的山上又有了異人神仙。一天，我被一隻在樹枝中穿梭的鴣子吸引，奔跑出一里，將牠射殺。射殺的地點是山中的開闊地帶，牠摔落在地後，一夥身穿黃色披風的人向我走來。

他們是東北安國軍大元帥張作霖的禁衛隊，奉命尋找「重新出現的白猿一系」。我射箭的方式極為隱密，在旁人眼中，我仰頭一望，鴣子便落下地來，的確神乎其神。

山中生靈已被我射殺過多，當禁衛隊要我隨他們去見張大帥，我問：「是殺人嗎？」他們紅著臉點了點頭，我說：「走。」我的興高采烈，令他們吃驚不小。

那時張作霖說出「去北京搭一個大戲台子」的著名話語，帶領十一萬安國軍到了北平。

在等候張作霖接見的兩天時間，我被安排住宿在北海公園內，乾隆皇帝的遊園歇腳處，一場大雪後，湖邊柳樹結滿冰凌地搖曳，看得我心曠神怡，當張作霖到達北海，問我姓什麼時，我說：「柳。」

從此世人便稱我「柳白猿」。

張作霖的目光從來沒有一點熱度，陰冷冷的很有威嚴，不愧是東北的豪傑。據說他每晚是趴著睡覺，為「虎踞」之相，貴不可言。而我知道，那是他早年當前清騎兵哨長時養成的習慣，所有騎兵都是趴著睡覺，因為整日騎馬會有腰痛的毛病，趴著睡覺令脊椎伸展。

原以為他會很快派我殺人，誰知他只是想養個高人。當時他已有了兩大高人，一是日本顧問菊池武夫，此人透露許多日方祕密；二是算命先生黃老君，曾展示入火不焚、百日不食等多項絕技，為每一次軍事行動拈掐吉日。

對於我，他態度恭敬，卻很少談話，從這一點上看，我就知道他必成大業。《靈動子》成書的戰國時代，與當今的亂世相似，唯一不同的是今人缺乏才幹，他是不多的才幹之人，懂得古人「養士」的道理，利器要藏起來，關鍵時才用。

菊池武夫是個規矩的日本人，對於不了解的事物從不過問，幾乎沒跟對我說過話。而我的到來，令黃老君感到忌恨。

通過帶我來京的禁衛隊，我了解到，黃老君不是人，而是個修煉三百年的狐仙，一次他在洗澡時顯了原形，從木桶中伸出條紅色的尾巴。

一天，黃老君到了我的房間，在喝茶時向我指點窗外的喜鵲，趁機從指甲中彈出一星粉末到我杯中。

他的手法非常快，以這樣的手法憑空變出什麼都應該不成問題，他是高明的魔術師。但我曾將一團撲火蚊蠅的腳數得一清二楚，又怎能逃脫我的眼睛。

我將他帶到屋外，仰頭一望，樹枝上的喜鵲便摔落在地，黃老君立刻變色，慌張告辭。回到屋中，我聞到茶水已有臭氣，澆在窗台的花上，花瓣就成了烏色。他用的是一種叫「爛肺草」的毒藥。

望著逐漸潰爛的花瓣，我對張作霖有了新的判斷，受欺於這種江湖騙術，說明他還不是一世英才。

我其實只想殺人。山中歲月已將我磨鈍，作為一個「俠」，在這個亂世，判定是非的思考太消耗心神，我只想無思無想連綿不斷地殺人。

居住在北海，這明朝四百年、清朝三百年雕琢出來的風景，也不能熏陶得我有一絲寧靜。

此時孫傳芳在江蘇與北伐軍對抗，吃了敗仗，化裝坐火車到了北平，對張作霖說：「咱們吃麥子的北方人和吃水稻的南方人，永遠合不來。」張作霖說了聲：「好！」

兩人達成了聯合協議。談妥後，張作霖宴請孫傳芳時不單叫上了六姨太，還叫上了我們三大高人。宴會上，黃老君進行了助興表演，兩手在空中一抓，變出兩隻白鴿，撲楞楞飛走，贏得掌聲一片。

我一直盯著孫傳芳。可想他面前的危機，來見張作霖竟沒來得及卸裝，他為自己黏上了五縷長鬚，他原本就是氣宇軒昂的人，更顯威風，如此化裝，在乘車時會極為顯眼，與他隱藏身分的本意出入甚大。

我隨時可以殺他，但我沒有。既然谷蘭小姐的夫婿已有了計畫，就讓他去辦吧，如果成功，他們夫婦的感情將加深……

孫傳芳離開北京時，我病了。一直高燒不退，為防止黃老君趁機加害，當他隨張作霖來探病時，我仰頭一望，將他射殺。

面對身旁黃老君的驟死，張作霖顯現出英雄本色，彷彿沒有看見，語調平靜地說：「能為我殺一個人嗎？」我：「等我病好，馬上就辦。」

在我生病期間，孫傳芳的部隊被擊潰，張作霖的幾道防線均被突破。他已經決定退回東北，但關東日軍斷了他的歸路，提出割讓間島地區的條件。

張作霖與日本人舉行了多次談判，一次在談判前對侍衛說：「上街去給我買一個假翡翠的菸袋桿。」買回來後，張作霖兩手握著掰了掰，滿意地說：「碎得了。」

他果然在談判時掰斷了菸袋桿，向日本人表達了最強硬的態度。當晚他來到我的住所，大叫一聲：「病好了沒有？」我說：「殺誰？」

他要我潛回東北，殺掉一個關東軍司令以下的任何高官，引起騷亂，他就可以趁機回東北了。至於殺日方軍官的後果，他說：「延吉縣裡的朝鮮人組織了個反日的青年黨，就賴在他們頭上吧。」

當時已經有日本特務在刺探他回東北的列車班次，我動身前向他告辭，他感慨地說：「要是黃老君還活著，就可以請他掐算個吉日了。」這句話令我有了不祥的預感。

到達關東後，我連續刺殺了兩名日軍大佐，但沒有引起騷亂，似乎他們正忙著一件重大事情，對兩名大佐的死亡已顧不上。

當我準備刺殺關東日軍的參謀長河本大作時，日軍在皇姑屯用三十麻袋黃色炸藥炸了張作霖的專車。張作霖的專車是前清慈禧太后所乘的花車，長二十二節，張作霖的位置在中央，生死未卜。

後來有傳聞，張作霖曾幾次更改啟程日期，就是要選個吉日。火車出發後，顧問菊池武夫在中途下車，他曾向張作霖透露許多日軍祕密，也難免不會向日軍透漏張作霖的祕密……

他的遇刺給我造成嚴重打擊，在這個世上，要想刺殺一個人，不必學《靈動子》，只要有炸藥就可以了，我在這世上還有何用？

在張府的歲月，只令我有了個姓氏。當確知張作霖已死後，我離開關東，向山西而去，在沿途旅館都用「柳」姓登記，至於名字，起過「柳作霖」也起過「柳傳芳」。孫傳芳，他應該死了吧？

我在山西待了四年，聽到谷蘭小姐離婚的消息。

那時她已經生了兩個孩子。我找到她是在上海蒲寧路醫院，她正在進行「放足」的手術。她的腳是前清時代的三寸金蓮，整形手術便是將折斷的腳趾慢慢拉直，手術分七次進行，每五天要拆線換藥。

我就喜歡她這樣的女子，手術後疼得如上刑一般，她冷汗淋漓卻一聲不吭。我又一次從窗而入，跳入她的病房，她嚇了一跳，過一會說：「是你嗎？」我：「沒錯。」見到是我後，她捨去了人前的倔強，疼得在床上扭動。我問：「這又何苦呢？」她：「為了像男人一樣大跑大跳。」

她的夫婿終於沒有幫她報仇，所謂殺孫傳芳的計畫不過是贏得美女的手段，結婚後就再也不提。她恨恨地說：「女人漂亮，沒用。」

《聊齋志異》中有個叫商三官的十六歲少女，女扮男裝潛入豪門，將殺父仇人劈成兩段。這個故事啟發了她，求人不如求己。放足不是為了刺殺後逃跑，而是為了追擊，她已決定與孫傳芳同歸於盡。

住院期間，我一直陪著她，她對外解釋，我是她家在桐城的老奴。我真的已經很老了，比我的實際年齡要蒼老太多，雖然身上肌肉仍然結實，但我的面容早就枯敗，眼角的皺紋魚鱗一般。

她足好後每天晨跑，學騎馬、學游泳，後來考慮到為了暗殺可能要翻牆越脊，她還去學了體操。

體操教練是個男的，每當抱著她的雙腿將她舉上單槓，總令我情緒暴躁。一天晚上，我潛入教練家，將他拎到體操場，對他說：「你做出你所會的最難的動作，我都能照做一遍。」

我曾在懸崖邊上單足蹦跳，對全身的肌肉操控自如。他做出了「沃爾塔落體」，手握槓桿旋轉三周，在空中側翻兩次，落在地上釘子一般。

這個動作他苦練了三年，據說世上只有三個人做得出來。我向上一躍，抓住槓桿，旋轉了四周，在空中側翻了三次，落在地上後，說：「第一次做，其實我能側翻五次。」

第二天，她來到體操場，體操教練已辭職不幹。

她對我是有疑心的，比如我無數次乾淨利索地跳窗而入，便令她百思不得其解，但她從來不問。

我也是可以說出自己的刺客身分，幫她殺掉孫傳芳，但我沒有。她為報仇做準備時表現出來的英氣，令她比平時美麗了三倍。和她一塊晨跑，是我平生的最大享受。

她生的都是男孩，一個三歲，一個兩歲，是她和情報股長離婚的當天，將孩子偷出帶離了山西——從這一點看，她的確是女中豪傑。當她覺得自己可以像男人一樣奔跑後，她就將孩子託付給我，讓我送去上海她母親處。

我已打算，她什麼時候刺殺孫傳芳，我就在那一天的前一天將孫傳芳幹掉。所以她託孤的舉動毫無必要，但她堅持，我就隨她了，在火車站送別時，她和孩子都哭了，我也有些鼻頭發酸。

我很快地從上海回來，準備抱她一下後，就趕去天津將孫傳芳射殺。但我回來時，她學上了射擊，射擊教練是個健壯青年，氣質正派，為她矯正姿勢時，顯得專心致志。

而她對他有著親暱舉動，也許沒有動作，只是眼神。她對他親暱的眼神，又怎能逃脫我數過蚊蟲腳的眼睛。她有一晚沒有歸家，我知道自己又算錯了，她計畫自己在不久後死去，她在尋找此世的最後戀情。

不久於人世的心態，令她的情感非常熱烈，整日地和射擊教練關在屋中，傳出接連不斷的呻吟。

一個清晨，她歸來，見我等候在門口，和我對視了一眼，說：「想抱我一下，對吧？」我抱住了她，抱進屋中，她在我懷中滿臉睏意，昨晚一定整夜沒睡。她強撐精神要解裙扣，我制止了她。

她說：「好人，那我該如何報答你呢？」我說：「不用報答。」她就將頭一縮，睡著了。

我將她展放在床上，便關門離去。

我去的是天津，孫傳芳在天津。

孫傳芳的住所十分隱密，窗口內和門內都有警衛持槍隱藏，每次出門都是從園子中開車。我接近不了他，就買了二十公斤黃色炸藥，準備像日本人炸死張作霖般炸死他。

但裝配炸藥，卻難住了我，與弓射相比，這顯得難度太高。最後我查到孫傳芳信奉了佛教，每月初一都去紫竹林清修院聽經。

我皈依了紫竹林的福明法師，等待了二十一天後，終於到了初一，但那天我在路上被輛轎車撞傷。我拖著鮮血淋漓的腿走過了五條馬路，到達清修院時，講經已經開始，院中掃地的和尚告訴我，孫傳芳今日來了。

我鬆了口氣，聽著朗朗的念佛聲，一下癱倒在地。這條傷腿意味著，射殺孫傳芳後，我將無法逃逸，我被處決時，她將明白一切——

我努力掙扎從地上立起，走進佛堂時，聽到了一聲槍響。

還是她殺了孫傳芳，那個射擊教練除了送給她一把手槍外，就再沒幫什麼忙。也許她是愛那射擊教練的，什麼都沒告訴他。

孫傳芳死時穿藍灰色棉袍，青緞面布鞋，被擊中三處，一處由後腦射入眉骨穿出，一處由後背射入前胸傳出，一處由右額頭射入左太陽穴穿出。

她是在孫傳芳念佛時，走到他背後開的槍。距離如此之近，血漿飛濺，她能冷靜地連開三槍，尤其第三槍是將孫傳芳屍體翻轉，正面再補的一槍，作為女人，連趕到的警察都佩服她的膽氣。

開槍後，她沒有逃跑，而是等待警察的到來，並撒下了大量傳單。傳單上印刷有她為父報仇的原委，我在門口也拾到一張。她被警察抓走時，見到了門口站立的我，說了句：「是你嗎？」我說：「沒錯。」

谷蘭小姐勢必被處死，我在這世上已沒了眷戀，終歸我不是戰國的豪俠，以維護天下公理為己任，況且在當今的亂世，判定是非過於艱難。

我有兩條路，一是回赫圖阿拉山，二是飲毒自殺，我配置了「爛肺草」，已經喝下，爛肺草的藥性發作是兩個時辰，我在您這說話許久，現在我已時間不多。

仇，真是痛快。

當年射殺了黃老君，今日便死在他企圖害我的毒藥上吧，也算接受因果，了斷恩

肆

段祺瑞三百二十五號文案的正文結束後，在側頁有兩段補錄。

第一段為：

「段祺瑞：我所不明白的是，你仰頭一看，便能將人射殺，這究竟是什麼武功？

柳白猿：《靈動子》成書於戰國時代，那時火藥還沒有發明，最高級的武器就是弓箭，所以《靈動子》上都是弓射法。我所練的是將一張小弓含在口中，用舌頭挑開弓弦，射出的箭令人防不勝防。為向旁人掩飾張口的動作，便故意做出仰頭一望。這是《靈動子》最高武功，很難練成。

段祺瑞：秦始皇殿上不許佩帶武器，這是最佳的行刺方法，難道荊軻刺秦王前所等的人，就是為要練此功夫，而遲遲未到。

柳白猿：您這是戲論。

段祺瑞：哈哈。我再問，你們這一系的此刻為何以白猿為號。

柳白猿：根據《靈動子》記載，為感慨人間的仇殺暴虐，嚮往人進化過程中猿猴階段的純真自由，所以名為白猿。

段祺瑞：三千年前的古人就知道人是由猴子進化來的？你這也是戲論。

柳白猿大笑一聲，跳窗而去。」

第二段為：

「谷蘭小姐的審理情況為，她為父報仇之舉博得了廣泛同情，一審判決為有期徒刑十年，二審判決為有期徒刑七年，十一個月後，南京政府頒發特赦令，將她釋放。

她後來移居香港，據說身邊有一個瘸腿的老奴。」

柳白猿別傳

引子

一九三七年十一月二十六日下午五點，上海拉都路四十一號，典當鋪老闆馬茂元迎來了今天的最後一個客人。

馬茂元，五十二歲，祖籍安徽。從清末延續到民國，典當業一直為徽商所壟斷，馬茂元的當鋪有一個特殊的經營項目——槍枝。清朝皇帝遜位後的二十年，中國出現了數不清的臨時部隊，也出現了數不清的逃兵。

很少有當鋪敢典槍枝，因為逃兵的情緒難以控制。當這個客人走進當鋪的一刻，馬茂元觀察到他走路時鞋跟不離地，這是極度疲憊的表示。

馬茂元摸了摸袖口，裡面有一把架在折疊鐵條上的轉輪手槍，只要他伸直胳膊，手槍就會從袖管中探出，準確地停在手心處。店鋪中只有馬茂元一人，他相信，自己就是自己生命的最大保障。

客人穿著一件骯髒的長袍，眼神空洞，說：「聽別人講，到你這裡賣槍，不管生意能不能做成，都會先給個燒餅？」

馬茂元一笑，從櫃台後扔出一個燒餅。燒餅扔得有點偏，看著他人在飢餓催逼下，煥發出狗一樣的敏捷動作去接燒餅——這是馬茂元生活中不多的樂趣。

但客人依舊直挺挺地站著，一抬手就接住了燒餅，好像燒餅原本就是飛向他的手，或者他的胳膊比常人要長一尺。

馬茂元的眉頭皺緊，但隨即舒展，因為他見到客人開始咬燒餅了。一個吃飽的人，很少有極端情緒——這是馬茂元多年的經驗。

客人吃完燒餅後，從長衫中掏出了塊裹在麻布中的東西，「蹦」的一聲放在櫃台上。馬茂元打開了櫃台上的小檯燈，挑開紗布，見裡面是一把泛著青光的曲尺手槍。

馬茂元：「兩塊大洋。」

客人：「麻煩你仔細看看，在任何地方，它都最少值三十塊。」

馬茂元：「那你可以去任何地方。」

客人垂下頭，敲了下櫃台，這是成交的表示。拿過了兩塊大洋，客人嘟囔了一句：「你買走了一段歷史。」

客人向外走去，撩開了厚厚的門簾，一束紅豔的黃昏光色打在馬茂元的臉上。馬茂元知道，當這束光消失的時候，今天的生意就可以結束。

但他聽到客人的聲音：「我想給它最後上一遍油，求你了。」

馬茂元冷笑一聲：「我的時間很寶貴，抱歉。」

客人關上了門簾，兩眼空洞地向櫃台走來。馬茂元伸直了胳膊，袖口中的槍管露了出來。馬茂元撐起了五指，以便讓客人看得更清楚些。

馬茂元：「你最好不要再走了。」

客人停住，離櫃台還有五步。客人一揮手，一塊銀元落在了櫃台上，轉了兩圈，「噹啷」一聲躺倒。

馬茂元：「哼，這個時候，退錢已經來不及了。槍你拿不走。」

客人搖搖頭，把另一塊銀元也向櫃台扔去。只見第二塊銀元平穩地飛壓在第一塊銀元上，兩個銀元嚴絲合縫。

馬茂元呆呆地看著兩塊銀元，忽然感到左耳朵裡癢癢無比，急忙挑起小指，用力掏了兩下——

二十分鐘後，客人給手槍擦完了機油。

他坐在八仙桌旁，馬茂元坐在他身旁，正在倒茶。客人把槍放在桌上，往馬茂元面前一推，然後端起茶杯喝了一口。

客人低吟一聲：「好茶！」便站起了身，向外走去。

身後卻響起了一片銀元的清脆音聲，客人回身，只見馬茂元正把三疊銀元落在桌上，笑容滿面地說：「按你說的，三十塊！」

客人沒有任何表情，兩手一作揖，道了聲：「謝了！」走回桌，把銀元掃入袖子中，馬茂元又倒了一杯茶，說：「你剛才講，我買走了一段歷史，是什麼意思？」

客人瞥了馬茂元一眼，又摸了摸桌上的手槍，空洞的眼神中有了無窮的憂鬱。客人：「馬老闆，你買賣槍枝多年，看不出它和一般的曲尺手槍有何不同麼？」

馬茂元：「曲尺手槍一般是七發子彈，而一九一六年，孫中山第一副手陳其美被袁世凱暗殺，國民黨上海討袁總部組建特別行動隊，特意鍛造了十一發子彈的曲尺，準備北上行刺。但陳其美被殺後十九天，袁世凱便病逝了，行動沒有實施。這把槍屬於那批十一發曲尺中的一隻吧？」

客人閉上了眼睛，摸索到桌面上的手槍，放到耳邊，拉了一下槍栓。槍栓發出利索的兩響，客人流露出欣慰的表情。

客人：「人已老，槍如新。馬老闆，我說的不是這一段歷史，而是我一個朋友的經歷。」

馬茂元：「什麼人？」

客人：「柳白猿。」

壹　清溪清我心

觀看溪水，是柳白猿唯一的愛好。殺人後的感覺，不是恐懼，而是一種深深的厭惡。只有溪水的聲音，能令他安靜。

江西省建昌縣，一所名叫「山根」的旅館是他每次殺人後的去處。旅館狹小骯髒，飲食粗劣，之所以選擇這裡棲身，全因為附近山上的那一條小溪。

溪水冰涼，倒影中的他，顴骨顯露，一臉餓相。他已經三十三歲，他本名叫雙喜，失去這個名字已經有十五年了。

他殺的第一個人是家鄉地主楊善起，那年他十七歲。他把楊善起綁在一棵樹上，便下山回村。他綁楊善起脖子的是一條生牛皮，沾了水的生牛皮會慢慢收縮。楊善起在三個小時後死亡，整村人都可以給他做沒有做案時間的證明。

楊善起一輩子做的最後一件惡事，便是當著全村人強姦了他的姊姊。那是在收割季節，楊善起將姊姊拖向了麥田深處。兩個打手把他按在地上，抓起一把土塞在他嘴裡。

田裡農民停下了收割，呆呆地站著，風中傳來隱約的哭嚎。

楊善起帶著打手走後，他跑入麥浪中。姊姊兩眼呆滯，赤裸地坐在地上，見到他，猛地發出野獸般的嚎叫，發瘋地抄起地上的碎布往身上掛。這是他第一次見到女人裸體，只感受到痛苦與罪惡。

殺了楊善起後，他精神恍惚，喪失了說話的能力。姊姊糊了個紙人，帶著他去了三十里外的度化寺。寺裡的和尚在紙人上面寫了「雙喜」兩個字，告訴他：「從此雙喜就留在廟裡修行了，懺悔你所有的罪孽。」

和尚拿了條板凳，帶他走到牆邊，姊姊告訴他：「你從這跳牆出去，遇到的第一個人說了什麼，那就是你的名字了。弟弟，你就用這個名字，重新做人。」

他跳出牆後，往著最荒涼的地方走去，他不想遇到任何人，雖然姊姊等著他回去。他愈走愈遠，直走到大地黑暗，這時他已入了深山。茂密樹枝包裹著他，向上望去，只有破碎的月亮。向後望去，是莽莽野山，沒有一絲燈火。他知道他永遠不會再有名字，永遠不再做回人了。

但這時離他三十米外的樹林中發出一聲怒吼「柳白猿！」，緊接著三聲槍響。他扒著樹枝，喉頭滾動，預感到自己可以重新說話，也有了一個新的名字。

他的大腦仍然遲鈍，只知道向響槍的地方走去。藤蔓植物是柔軟的大牆，雖然只隔了三十米，但走過去，卻花了半個時辰。他的臉上、手部被刮出了無數細小劃痕，夜風一吹，奇痛無比。

響槍的林中有著微弱的呻吟聲，他扒著灌木走進去，突然呻吟聲消失了，他又扒過幾叢灌木，見到黑暗中一雙野獸般閃光的眸子正緊盯著自己。

那人嘴裡咬著條枯枝，用這個方法制止自己的呻吟。那人癱躺在地上，努力挺著上身，腿上有著黑乎乎的兩團血跡。

那人聲音低沉，猶如緩緩的河水。那人：「你什麼人？」他脫口而出：「柳白猿！」一話出口，他一下坐在了地上。

那人發出一陣大笑，說道：「我是將死之人，你何必戲耍我呢？」他慌忙解釋，很久沒說話了，說幾句便一口氣頂了上來。斷斷續續講完自己的經歷，忽然「哇」的一聲哭了起來。

那人說：「你過來，讓我仔細看看你。」他爬了過去，仍抽泣不已。那人嘆了口氣，說：「孩子，柳白猿是我的名字。別哭了，以後，咱爺倆就用這一個名字了。」

那人是個刺客，今夜被仇家追殺，打斷了雙腿，棄在野林子裡餵野獸，遇到了雙喜，撿回了性命。而雙喜也有了新的人生——當刺客。

貳　水色異諸水

一九三二年冬季，老一代的柳白猿在遼寧天華山逝世，他把他葬在了長年不化的冰雪中，然後作為這一代的柳白猿下山了。他的心中只有一個願望——到溫暖地帶，看看流動的溪水。

刺客是男性最古老的職業，在農業和畜牧業還沒有明確分工的原始社會就已經存在。只要有男性，便會有刺客。

三年的修煉，肌肉沒有強健地挺起，反而乾癟。只有他知道，在自己慘白的皮膚下，肌肉纖維是多麼地緊縮密集，猶如遇水收縮的生牛皮——這在刺客界有一個專有名字，叫做「乾冷肉」。

練出乾冷肉，意味著可以奔跑兩個小時不知疲倦，可以在瞬間改變身形，從一個五十釐米的洞口鑽出，可以一拳砸裂奔馬的脊梁。

更重要的是，有了乾冷肉，方可以擲出隨心所欲的飛刀。柳白猿下山後，接受的第一單買賣，是刺殺上海賭業大亨趙力耕。

一九三二年七月十五日下午，昌黎賭場的目擊者們有著深刻的記憶：那把飛刀沿著一條圓滿的弧線飛過了趙力耕，突然刀把抖了一下，彷彿獲得了生命，憑空一跳，插入了趙力耕的脖子。

在警察局筆錄時，有十三個賭場職員和二十七個客人用了同一個詞彙——

「那是一把妖魔附體的刀。」

到九月十三日，他已經刺殺了二十一人，賺得了二十一根金條。剛開始的生涯，令他興奮，在擲出飛刀的瞬間，總是大腦皮層一陣清爽。

他沉浸在這一樂趣中，直到了十二月十七日，方有了改變。那一天國民黨元老楊杏佛聯合國母宋慶齡、北大校長蔡元培，發起了「中國民權保障同盟」。宗旨為：一，廢除非法拘禁、酷刑；二，公布國內壓迫民權的事實；三，爭取結社、集會、言論及出版自由。

而柳白猿在那一天接到了十根金條的訂單，要他在六個月後將楊杏佛刺殺，雇用他的組織名為「海陸青年團」。

謀殺一個人等於和這個人建立了最深的關係，柳白猿收集到的第一條資料，是提倡白話文的著名學者胡適形容楊杏佛相貌的詩：

「鼻子人人有，唯君大得凶。
直懸一寶塔，倒掛兩菸筒。
親嘴全無份，聞香大有功。
江南一噴嚏，江北雨濛濛。」

說楊杏佛鼻子過大，和女人接吻時是個嚴重的障礙，並對女人的香水有過敏反應。他的鼻子決定了他是個正人君子。

柳白猿每次看資料，都穿著整齊，擦淨几案，充滿恭敬之心。他認為如果真有地獄，閻王勾畫生死簿也是這樣地端正，因為死亡是隆重的事情，不管此人生前的高尚、卑賤、善良、凶惡。

但看到這條資料，柳白猿忍不住笑了起來。他背下了這首詩，度過了分外愉快的一天，甚至在晚上還笑得醒了過來。他擔心自己會一直笑下去，但兩天後送到的第二條資料，止住了這個毛病。

第二條資料為：

「楊杏佛，一九一八年獲美國哈佛大學工商碩士學位，一九二四年十月任孫中山的祕書。孫中山逝世後，他擔任葬事籌備處主任，建中山陵的撥款為八十萬兩白銀，眾多競標的建築商對他賄賂，他把所收財禮在招標會上展覽，令那些商人自動退出，保障了中山陵工程的正常進行。」

看完這條資料，柳白猿變得嚴肅，他當天去了南京。中山陵修在南京東郊鍾山第二峰小茅山的南麓，一道三十九米寬的白色台階層層上升，延伸四百三十五米。

柳白猿走完台階，竟有些暈眩，按照他的體能，不應有這種情況發生。忽然他脖梗一冷，這是遇到危險的生理信號，他曾憑著這野獸才有的本能，躲過七次險惡的偷襲。

他的手指勾向袖口，裡面有一把七寸小刀，向著預感的危險望去。只見一座重檐九脊藍色琉璃瓦頂，檐下有銅色椽子，在上下檐之間，鑲嵌著四個巍峨大字「天地正氣」。這道匾額下有三個鏤空紫銅門，門上分別刻著「民族」、「民權」、「民生」的篆書。

柳白猿的手指離開了袖口，放鬆下來，走入孫中山祭堂。

在當晚十一點，他離開南京，做了一個決定：停止其他刺客業務，只等待六個月後的一天。

楊杏佛住在上海法租界環龍路銘德里七號，離亞爾培路三百三十一號「中國民權保障同盟」辦公處相距兩百七十一米。十二月二十一日，在這兩百七十一米之間的一家水果店換了主人。

柳白猿穿著臃腫的棉襖，戴著一頂駝色的舊氈帽，日日坐在一堆橘子香蕉中，平生第一次感到水果氣息的可愛，猶如殺人前大腦皮層的清爽。

和柳白猿一樣喜歡水果的還有一個人，他每天早晨都拿一隻梨在鼻子前，很陶醉地一路聞下去。柳白猿知道，在廣西有一個叫「言情門」的武術流派，以清晨聞梨味作內功功法，聞氣味就等於在練呼吸。

此人走路姿勢笨拙，時常會被路上石子絆個趔趄，但他的腳步聲很輕，只有身體高度和諧，才會發出這種足音。他每日早晚陪楊杏佛在保障同盟和楊家之間行走。

他是一個隱蔽的高手，有這樣的人寸步不離，楊杏佛的生命應該可以保障。但楊杏佛似乎並不知情，對此人的態度，只是將他當作傭人。柳白猿一日兩次地看著這一主一僕，感到刺殺任務變得有了趣味。

楊杏佛的鼻子並沒有胡適說的那麼大，柳白猿多少有些失望。唉，一切都要等到六個月以後，刺客生涯雖有一剎那的緊張刺激，但除此之外都是無聊寂寞，因為他要潛伏。

從水果店的向外望去，總有一個穿著淡綠色旗袍的女子，開衩很高，略一走動便閃現出大腿的肉色。今冬天寒，柳白猿的第一反應為，只有深厚內功方能如此；第二反應為，噢，這是個職業妓女。

她有時從街對面走過來，買兩、三個美國蘋果，用手一擦，就在店裡吃了。她吃蘋果時，很少和柳白猿說話。一天，她跑進了店裡，柳白猿挑了兩個蘋果，她說：「不吃了。大哥，你能抱我一會麼？太冷了！」

女人的身體只有痛苦和罪惡，目睹姊姊被強暴的一幕，令他在生理上排斥女人。柳白猿自十七歲開始排斥女性，但作為男性，有一個更為遙遠的起點，那是亙古以來對女性的需要。

她的脖子湧出一片淺紅，猶如處女害羞的紅暈。

柳白猿抱住了她，兩條胳膊的骨髓變得滾燙。她靠進他懷中，將頭埋在棉襖裡，重重地哈了口氣。

也許過了十分鐘，也許過了半小時，她輕聲說：「大哥，我今天沒生意。你要喜歡我，把我抱走吧。不用給錢，讓我白吃你三十個蘋果就行了。」柳白猿周身的大腦皮層感到無形壓力，把他的腦漿壓成了固體，久久說不出話來。

她仰頭瞥了一眼，咬了下嘴唇，語氣斬釘截鐵：「要不這樣，十五個蘋果，不能再少了！」

參　鳥度機關裡

她的名字叫鄧靈靈，祖籍山東省臨賓縣，第二代上海人。她頭髮濃黑細密，灑在赤裸的脊背上，如宣紙上潑下了一片水墨。

經歷了她後，柳白猿周身的神經都已經死掉。而她興致勃勃，問：「大哥，你是第一次吧？」柳白猿木訥地點了點頭。她打了個響指，說：「太好了，給你留個紀念，我的名片。」說完跳到床下，從衣服中取了張小紙，又一下撲到柳白猿身上。

小紙上面是她的名字，還有一個座機電話，名片的襯底是國畫大師齊白石畫的一團菊花。她指指點點：「彩色印刷，用了我三塊大洋。」

柳白猿應和了一句：「很貴。」她：「是呀！頂我一百多頓飯了，但有了高檔名片，身價就能提高啦。」她的兩眼有了光彩，顯然認為自己做了件很有氣魄的事情。

看著她的雙眼，柳白猿竟有一種大哭一場的衝動，於是扭頭去看牆壁。牆紙骯髒，屋頂的牆皮有三道裂紋，柳白猿回憶不起自己是怎麼跟隨她來到這裡，這種專為妓女提供的小旅館，在上海有一個專有名詞叫「鹹肉莊」。

柳白猿：「旅館要多少錢？」鄧靈靈：「二十五個銅板。哈哈，比我還貴。」柳白猿臉色一沉，從床上站起，拿過棉襖。

棉襖的腋下位置縫有一塊硬物，那是根金條。她是我此生的第一個女人——但我現在是一個水果小販……

柳白猿拿不出這根金條，刺客注重細節，因為任何一個小紕漏，都會引來危險。他放下棉襖，躺回床上，說：「我給你一百個蘋果。」鄧靈靈在他臉上很響地親了一下，然後將頭臥在他的胸口。

她撫摸著柳白猿的肋骨，輕聲說：「大哥，你剛才快樂麼？」柳白猿的聲音更弱：「嗯——太匆忙了。對不起。」

柳白猿側過了頭，避開了鄧靈靈的目光。剛才進入她身體的瞬間，柳白猿突然感到脖子一緊，勒死楊善起的生牛皮勒在了他的喉頭。

她仰起上身，伸出兩手，把他的臉轉過來，說：「告訴你一個祕密。我這種生意做久了，下身總處在充血狀態，不可能有快感的。所以，你沒什麼對不起的。」

她眼光溫和，懂得維護一個男人的自尊心，如果她生在富裕人家，定會成為賢慧的媳婦。柳白猿抱住她，感受著她的體溫，從此改變了對女人的看法。

女人的肉體不是痛苦與罪惡，那是天堂在俗世上唯一的顯現。離開鹹肉莊前，他拿出了棉襖中的金條，她愣了半晌，猛地一下哭了起來。

她哭得很傷心，止住哭聲時，語不成句地說：「我不管你是什麼人，以後你就是我男人了。」

柳白猿囑咐她回去收拾東西，一個小時後，他會去找她。

鄧靈靈用力地點了下頭，快步而去。

柳白猿想好了一切。在江蘇省丹徒縣有一所精緻宜人的小宅院，那是清初道士陸逵隱居的地方，他離開那裡後，平息了甘肅民亂，成為了青幫的第三代祖師，兩百年後的青幫在菸賭嫖毒中墮落，祖師的文雅被淡忘，這個原本該成為青幫聖地的宅院也被淡忘。

柳白猿在兩個月前買下了它，準備作為自己日後的養老之地。他要讓鄧靈靈住到那裡，給她最好的飲食和一段無憂無慮的時光，讓她充血的下體復原，可以重新感受快樂……

望著她的背影，柳白猿彷彿看到了自己的歸宿。

一個小時後，柳白猿去接她，那是一所暗灰的木質小樓，住了七八戶人家。第二層走廊的最深處，便是她的家。門上貼了一張印刷齊白石大寫意的年畫，和她的名片上一樣，是一團菊花。

柳白猿笑了，快步走到門前，打開了這扇門，兩人的人生都會改變。

在敲門的瞬間，忽然一閃念：「她不會拿著金條走了吧？」底層民眾，行為不定，因為貧窮令人變質。柳白猿長吸了一口氣，念叨了兩遍：「不會，她不會的。」

他敲響了房門。

沒有人應答，柳白猿一下愣住。

過了十幾秒，他試著推了一下門。門竟然緩緩地打開了。

這是典型的女人住所，牆角有梳妝台，床前有換衣屏風。一個人正坐在桌前，陶醉地聞著一隻梨，桌面上擺著一根金條，閃著清冷的光。

那人嗓音飄忽，彷彿不是從他身體發出來，而是從空氣中直接產生。他說：「桌上的東西看到了？那就進來坐坐吧。」

柳白猿長嘆一聲，音調悲涼，然後走入房間，關上了門。

肆　人在明鏡中

柳白猿坐在了那人的對面，那人深深地聞了一下梨，突然把梨向柳白猿丟來，柳白猿一側頭，那人已掏出了手槍。

但那人的臉色驟變，因為柳白猿的一根手指插進了槍管中。柳白猿緩緩抬起右手，指尖夾著一把七寸尖刀。

柳白猿：「如果開槍，我廢根手指，你廢條命。」

那人兩眼一翻，「咔」的一聲關上了槍的保險。那人：「你是高手，我尊重你。不管你背後是什麼組織，希望你能聽我說段話。」

柳白猿的手指從槍管上撤離，那人把槍收進了腰間，柳白猿的飛刀也縮回了袖子。然後兩人都調整了一下坐姿，正襟危坐地看著對方。

那人：「當今是蔣委員長的天下，他卻稱自己是一個人的化身，您知道這個人是誰麼？」

柳白猿：「陳其美。他是蔣介石的結拜兄長。」

那人：「陳先生被袁世凱暗殺時，我從日本剛剛回來。如果我早一天到，或許一切都可以避免。我叫匡一民，是陳先生多年的助手。」

柳白猿皺起了眉頭，陳其美軍事才能出眾，打下了上海、南京兩大城市，拯救了國民黨的頹勢，孫先生稱他為革命的唯一砥柱。他還控制了整個南方的青幫，當上了龍頭老大。能走上武力的巔峰，傳說是因為他有一個神祕的助手。

匡一民：「我原本很崇拜他，但他協助孫中山改組國民黨，把宣誓效忠、喝雞血、按手印這些青幫規矩引入了黨內，派我多次刺殺黨內的不同政見者。他是個為民主而革命，卻不知道民主為何物的人，他只是個英雄豪傑，卻不能把民眾引向大道。」

柳白猿：「你最初是怎麼發現我的？」

匡一民：「孔老六家在這條街上賣水果已經賣了兩代，即便把店轉給別人，也不會立刻便走。但他一家人在一個晚上從此消失得乾乾淨淨，第二天你就出現了，我欽佩你的辦事效率，但有欠自然。」

柳白猿輕嘆了一聲，摘下了頭上的氈帽。

柳白猿：「你懷疑了，就讓一個女人來確定？」

匡一民翻了下眼白，繼續說下去。

匡一民：「我二十一歲學成了武藝，多年來一直在尋找一個值得去輔佐的人。蔣委員長不是，他頂多是陳其美的翻版，而中國老百姓不需要英雄豪傑，需要一個合理的制度。」

柳白猿：「這樣一個人你終於找到了，就是楊杏佛？」

匡一民：「所以我絕不會讓你殺了他。」

兩人對視了很久，柳白猿垂下了頭。

柳白猿：「我有個條件。騙我的女人，得死在我手上。」

匡一民一拍桌子，說了聲：「成交。」就起身出了屋門。一分鐘過去，鄧靈靈從屏風後走了出來。她盤了一個規矩的髮髻，一臉莊重。

鄧靈靈：「從這屋裡出去的人是我丈夫，我十四歲跟了他，可以為他做任何事。我的命換楊先生的命，值了。動手吧。」

柳白猿冷冷地瞟了她一眼，右手一揮，七寸飛刀扎在牆邊的梳妝台鏡面上，鏡面中正是鄧靈靈的映像。

脆薄的鏡片沒有崩碎，這一刀擲出的力度已不是人所能拿捏，巧妙得近乎神蹟。

柳白猿哼了一句：「你我的事，了斷了。」然後把金條往氈帽裡一扔，氈帽戴在了頭上，雙手插著袖口，溜溜達達地走出屋去。

柳白猿雙手插著袖口，在街上行走著，他漸漸不能控制自己的速度，愈來愈快。

剛才，他扔出了平生最為得意的一刀，這樣的境界他再也不能達到，但他喪失了大腦皮層的清爽，扔出這一刀時，感到一萬根針扎進了大腦。

街面上泛起打旋的風沙，天地立刻昏暗。不知走到了上海的什麼區域，柳白猿見到前面有一家小酒館，便一陣狂跑，衝了進去。

三個小時後，他的嘴對酒已經喪失了感覺，只覺得體內分泌著一種特殊的液體，鹹苦陰寒，類似眼淚的味道。

忽然他的脖頸一冷，這是危險的信號，他努力睜開眼。酒館中竟沒有了一個人，連酒館夥計都不知了去向。

他的手指勾向袖口，然而勾空了，方想起自己的刀留在了鄧靈靈的鏡子上。他一下把酒瓶捏碎，瓷器碎片的邊沿如刀的鋒芒，他夾起了其中狹長的一片，卻發現一顆晶瑩的血珠順著食指滴了下來。

應該是捏酒瓶時劃傷的，他的酒勁一下全醒，明白自己已嚴重失控。這時一個戴禮帽穿長衫的人從廚房口快步走出，拎起一根黑鐵拐杖，在柳白猿脖子上敲了一下。

柳白猿倒了下去，結結實實地摔在了地上。

那人低頭扯著長衫下襬，罵了一句。長衫上劃開了一道裂口，他抖了一下長衫，響起了瓷片落地的清脆一聲。

伍　向晚猩猩啼

柳白猿醒來的時候，發現自己被反綁兩臂吊在半空，身子下有一個木盆，盆中有著乾涸的血跡。

他心裡已明白，這是為挑斷了他的腳筋而預備的。殘廢成了不可改變的事實，他反而安靜下來，觀察所處的環境。

這是一個倉庫，有著數不清的木箱，只在遠處的排風扇處露出了一點亮光。忽然一聲合電閘的脆響，倉庫中的燈亮了起來。

一個戴禮帽穿長衫的人拿著椅子走到了近前，他坐下翹起二郎腿，掏根菸在菸盒上敲了兩下，顯得十分悠閒。

柳白猿：「你是什麼人？」

「你的雇主，海陸青年團團長——過德誠。」

柳白猿從不和雇主見面，他在四馬路郵局有一個郵箱，彼此通過信件往來。信件上的字都是從報紙上剪下後拼成的。

柳白猿一笑：「也許青年團並不存在。」

過德誠陪著笑了兩聲，說：「何以見得？」

柳白猿：「每當有一個蔣委員長的政治對手被刺殺，報紙上就有一個名字怪異的組織出來承認是他們幹的。蔣委員長便可以擺脫關係了，現在最讓蔣委員長不安的人應該是楊杏佛了。」柳白猿大笑，過德誠也一陣大笑。

柳白猿：「你們是國民黨特務。」

過德誠一下止住了笑聲。

柳白猿繼續說道：「雇用我，不是讓我殺楊杏佛，而是讓我殺匡一民。匡一民是陳其美當年的助手，蔣委員長稱自己是陳其美的化身，發跡時用的是陳其美留下的班底，也許這一點故人之情，令你們不願自己動手，要用我這種江湖人物來除掉他？」

過德誠點上了菸，緩緩道：「可惜你沒殺匡一民，政治內幕不能傳入江湖。抱歉。」過德誠拍了拍手，從木箱子後面跑出了三個短髮青年。

過德誠：「此人有武功，先挑斷他手筋腳筋，再把他扔到黃浦江。」一個青年拿出腰際的尖刀，過德誠衝柳白猿一鞠躬，走出了倉庫。

拿刀的青年一個健步跑到柳白猿近前，抓住他的腳，往腳腕深深地刺了一刀，然後刀鋒一扭——

入夜後，柳白猿口中塞了塊布，被五花大綁裝入了麻袋，扔到了車上。車行了半個小時後，有了一片水聲。

柳白猿猛地一激靈，冰冷的江水滲透了麻布。他感到自己飄飄乎乎地向下沉去，一股暗流衝來，將他一下帶走了三十多米。

他沒有掙扎，算計著特務們應該離去時，才做出一個緩慢的蛙泳動作，脫落了身上的繩索，撐開了麻袋。他在水中睜開眼，見上方有著一團奇幻的光圈，便把一口氣吐在水裡，向上游去。

露出水面，他深深地吸了口氣，看見了一條船尾掛著馬燈的棚戶船，船頭蹲著一個女人，正搖著扇子點火做飯。船的後艙擺滿了裝蔬菜的藤條筐，這是一家進上海買菜的農民。

他一下跳上船，把女人一把抄起，托住她下巴，向船艙拉去。被托住下巴後無法喊叫，但她奮力掙扎，農家女子身體強健，猶如一條打挺的鯉魚。感受著她身體的力度，柳白猿忽然一口氣頂在胸口。

也許是水中睜眼令不潔淨的水刺激了瞳孔，他眼中很痛，一下視線模糊了。他爆發出了一種令自己都感到可怕的力量，一下把農家女整個人抱了起來，衝入了船艙——

死亡有效地刺激了情慾，他終於明白以前自己險境還生後為什麼沒有喜悅反而格外沮喪，因為那時他需要一個女人作為新生的獎品。和鄧靈靈經歷了第一次後，他通向女人的門打開了，意外地凶猛。

女人在抽泣，看著她豐盈的肩頭，柳白猿心中浮起一個念頭：「我變成了和楊善起一樣的人了！」他努力不再想這個問題。

他的一隻手還在反扭著農家女的胳膊，令她臥在船板上動彈不得。他說：「我現在鬆開你，但你不要跑不要叫，能做到麼？」農家女垂淚點了點頭。

他鬆開了手，農家女立刻坐起來，兩手抱著膝蓋，一點點向後挪去。農家女赤裸的身上滿是血跡，那是他手腳傷口流下的。

他忽然冷靜下來，回到了他落水前一直在想的問題上：對他行刑的青年刀法純熟，刀入肉後，做出大幅度劃動，外人看來他被挑斷了手筋腳筋，而只有他知道，每一刀都巧妙地避開了他的筋脈。這青年是什麼人呢？

他摸過地上的褂子，撕下四個長布條，給自己包紮傷口。忽然聽到一聲哽咽，他抬頭，見到了農家女長長的淚水。

柳白猿：「要不這樣——我娶你。」農家女驚訝地看著他，止住了哭聲，很快搖了搖頭，態度很堅定。

柳白猿：「我給你金條。」農家女猛烈地搖頭。柳白猿沉默半晌，坐起來給農家女磕了一個頭，農家女「哇」的一聲哭了起來。她哭的聲音很大，響亮綿長，而柳白猿沒有制止她。

這時一個老漢和一個三十歲男子，拿著木棍衝進了船艙，柳白猿面無表情地看著他倆，心中對自己說：「如果他倆是她的父親和丈夫，他倆有權利打死你。」

當第一記木棍打到柳白猿身上，他沒有用練就的乾冷肉繃勁抵抗，而是鬆展開自己，實實在在地接了這一下。登時跌了出去。

二十分鐘後，柳白猿被打裂了胸骨，哇地吐出一口血來。農家女撲過來，抱住了老漢，說：「夠了，放他走吧。」男子又在柳白猿背上狠砸了一下，停住了木棒。

柳白猿的牙床已碎，口齒不清地衝農家女說了句：「謝謝。」艱難地從地上爬起來，顫微微地走出了船艙。

他縮著肩膀，雙眼臃腫，遮蔽了視線。他盲人一般地向前摸索，鼻子和嘴唇時不時冒出血來。

他想著，如果能活下去，要回家鄉去看看姊姊。

陸　空悲遠遊子

家鄉的老屋坍塌了一半，姊姊嫁到了遙遠的山區。一個被強暴的女人承擔著不屬於她的罪惡，受到村民的鄙視，所以沒有人知道她出嫁的具體地址，只能指著東南方向。

柳白猿尋找姊姊，去了趟度化寺，那個寫著「雙喜」兩字的紙人還在。他對著紙人，坐了整整一個晚上。當第一縷陽光射入窗框，他走出了佛堂，向著東南方的群山而去。

他被打碎的牙床無法復原，令整張臉扭曲變形，面部皮下有幾片骨渣扎在神經裡，令他的左下眼簾時不時痙攣，左眼不停地流淚。

他去過山區的六十七個村莊，只有兩、三戶的高峰也不曾放過，但五個月過去，姊姊的身影仍沒有出現。一九三三年六月十號，柳白猿坐在一道布滿夕陽光斑的石壁上，用一條手絹擦著左眼的淚水，放棄了尋找。

也許姊姊從未存在過，她只是引發他認識自身罪惡的契機，是佛菩薩對自己一次輕輕的點化。他對著群山呼喊：「姊，保重！」回聲消失時，他下山了。

他要以最快速度趕回上海，因為他在孫中山祭堂中有了特殊的感悟，那「民族、民權、民生」的鑲金篆字，雖然他不知道具體含意卻贏得了他的敬意，六個月前，他已經決定要暗中保護楊杏佛了。

他還保留著那張印有齊白石菊花的名片，按照名片上的地址，他給鄧靈靈寫了封信，說他即將歸來，信中寫了他半年的經歷。

六月十八日，柳白猿回到了亞爾培路，水果店還在，他打開水果店門板時，看到鄧靈靈和楊杏佛一前一後地從同盟辦事處走出。匡一民呢？

看到楊杏佛並不大的鼻子，柳白猿覺得自己的人生變得堅實。要以自己的生命來保護他的生命。要楊杏佛教誨自己，弄懂中山陵上六個篆書的詳細含意……

鄧靈靈穿著一身黑色的西服套裙，幫楊杏佛拿著文件夾，顯得自信幹練。她走過來，見我又坐在水果店裡，會有何反應？如此想著，柳白猿拿出了手帕，遮住了自己扭曲的下巴。但這時，從亞爾培路中央研究院國際出版品交換處大門中，跳出了四個身影。

出於職業本能，柳白猿飛快地數下了槍聲，共十下。他的手帕飄落了，他醒悟到，他的理想和他此生的第一個女人都在這十下中消失了。然後他覺得眼底一白，身體溶解在空氣中。

水果店爆炸時，四個殺手在距離水果店三十米處，他們擊斃楊杏佛後就迅速臥倒，顯然知道爆炸的預謀。

爆炸聲停止後，四個殺手只從地上站起來三位，仍趴地上的殺手已經死去，但周身沒有一絲傷口。他的名字叫過德誠，後來從他的胸腔裡發現了一把七寸的飛刀，令所有法醫百思不得其解。

楊杏佛的葬禮在六月二十日舉行，當日有暴雨。

宋慶齡發表講話：「這些人和他們雇來的打手們以為靠武力、綁架、施刑和謀殺，他們可以粉碎爭取自由的鬥爭。但是，鬥爭不僅遠遠沒有被粉碎，我們必須加倍努力直至實現我們的目標。」

魯迅先生寫下了哀悼詩：

「豈有豪情似舊時，
花開花落兩由之。
何期淚灑江南雨，
又為斯民哭健兒。」

尾聲

典當行老闆馬茂元長吁一聲：「唉，匡一民如果在，也許一切都會不一樣的。可憐他沒趕上保陳其美，也沒趕上保楊杏佛。」

客人喃喃道：「也許就是他出賣了楊杏佛，否則軍統又怎麼會預先在柳白猿的水果店安下炸彈？」馬茂元搖搖手，說：「不會不會，從你說的故事裡，匡一民是個有理想的義士。」

客人一陣冷笑：「謝謝你，給匡一民說了句好話。柳白猿是個古老的江湖人，不了解現代的特工手段，他給鄧靈靈的那封信，早被軍統截獲了。那個挑柳白猿手筋腳筋的青年，是我安插在軍統的內線，可惜他是底層特務，沒能及時得到軍統刺殺楊先生的計畫。用了一年，才把柳白猿的信抄出來給我。」

馬茂元嘆息一聲，客人突然抓住了他的手，聲音慘厲：「革命曲折，心靈有時會很苦悶，我悔不該染上了鴉片惡習，偏偏在那幾日病倒了。」

馬茂元：「你就是——」

客人：「不要說！我不能聽這個名字。」

客人迅速起身向外走去，他挑開門簾時，外面已是一片燈紅酒綠，天早已黑了。馬茂元問一句：「你以後怎麼辦？」客人一步跨出門去，布簾外傳來他的聲音：「得過且過，了此殘生。」

馬茂元看著桌子上的曲尺手槍，猛地掏出手絹，快速把槍包上。客人在前方頂風而行，馬茂元追了上去，把手帕包裹遞給了他。客人愣愣地接住。

馬茂元回到當鋪行，坐在櫃台後，想像著楊杏佛的鼻子，不由得一笑。他已經五十三歲，就快有小孫子了，他給小孫子預備下最好的故事，那是爺爺在今天鼓勵了一位義士。

後記

黎明即起

「黎明即起，灑掃庭除」是《朱子家訓》的開篇語，也是老輩人一日的開頭事。每想此句，不禁唏噓，我這一代人早不擁有早晨，即便朝九晚五的上班族，一日之始，是鬧鐘驚醒，塞口東西，出門奔走。

老輩人的早睡早起，是個什麼概念？四點鐘自然而醒，方算一個早晨，四點鐘醒，身體最舒服，可以試試，比五點鐘舒服。

一個民族改變了一日開始的時間，便換了心理，我們與老輩人甚至不是一個人種。晚睡晚起的民族和早睡早起的民族，審美和思維方式肯定不同。

福克納曾在好萊塢寫劇本，目的是「家裡能有個游泳池」，好萊塢對他的策略是「不死不活養起來」，他寫的劇本不管好萊塢劇作原則，好萊塢也不管，照樣買單，讓別人改寫。

八、九十年代，作家群體普遍轉化為影視編劇群體，小說敘事接近於好萊塢電影劇作，讀者和觀眾畫了等號。我們做不成「不死不活」的福克納，因為我們的電影業尚不是好萊塢，非生即死。

我沒有受過文學訓練，所受的敘事教育是電影學院的劇作法，那是九十年代初，之前最好的中國電影常是拿首詩改的，如《一個和八個》、如《黃土地》。蘇聯解體，老師們鬆了口氣，蘇式政宣型故事片被摒棄，讓我們學「真正的蘇聯」——《被遺忘的祖先的影子》[1]、《願望樹》[2]，劇作本屬詩歌系統。

小說法和劇作法合一，以好萊塢為終極標準，是當今特色。二十年來，特色是個壞詞，往往說的是反常現象。我寫小說，也有極強的目的性，為將來拍成電影，青年立志時，畢竟是做個導演。

特色之下，小說法和劇作法合一，但能否改改終極標準？比如，詩歌。

我們常把好萊塢敘事說成是邏輯性強，認為是了不得的優點。但在電影院裡的觀察，發現講求邏輯，是氣血兩虛的需要。人們常在極度困倦下，來到電影院，稍一動腦，便呼呼睡去。

好萊塢劇作法是建立在「觀眾要麼智力不足、要麼精力不濟」的基礎上的，這是好萊塢的祕密。美國電影宗旨是賺孩子和勞動者的錢。

好萊塢的電影觀是病理，邏輯清晰、視覺熱鬧，是對腦力不足、精力不濟的藥方。問過幾位五、六十歲的人，看好萊塢近年電影，如《福爾摩斯》系列、《蝙蝠俠》系列，走出影院，常有虛火上升之感，隱隱不適。

編注 1：原名 *Tini zabutykh predkiv*（1965），英譯片名為 *Shadows of Forgotten Ancestors*，中文又譯「遠祖的陰影」。導演為帕拉贊諾夫（Sergei Parajanov）。

編注 2：原名 *Natvris khe*（1977），英譯片名為 *The Wishing Tree*。導演為阿布拉澤（Tengiz Abuladze）。

好萊塢，不利於養生。

問：「你們覺得什麼電影利於養生？」

答了個《歸心似箭》，斯琴高娃青春時風韻之作，她是個村姑，救了個遺落民間的解放軍傷兵，求愛遭拒，傷兵要去找隊伍，為江山辜負了美人。

雖然我們都知道，勝利之後，村姑們大多被城裡女學生淘汰，但電影裡那個基層小兵重整河山的情懷，真誠得令人動容。

原來養生的是「江山美人」。上一百年，理念毀滅生活，是比比皆在的悲劇。但在電影世界，獲得一個理念是終極快感。當今大眾電影的虛火上升，是拿不出什麼理念，好歹好萊塢有個「拯救世界」，港片有個「別欺負中國人」。

電影總結生活，我們現在最愛總結的是「活著真好」、「我們都被騙了」、「你毀我，我就毀你」、「放棄智商，回歸家庭」……

六、七十年代的好萊塢經典，都是好萊塢的反例，好在心胸遼闊，觀後精神一爽，如《越戰獵鹿人》、《四海兄弟》，這批越戰老兵批判了社會，但給了一個生活延續的理由，或對屢屢遭到背叛的道德準則，給予了終極肯定。

大眾電影，本是做大眾理念。

而老輩人早睡早起的中國，不適合當今的好萊塢文化，那時的人們以新衣為禮，以精神飽滿為禮。覺得自己氣色不好，羞於出門見人。

人與人相對，亮著精神氣，所以人間爽利——這是小津安二郎電影的主要特徵，也是八十年代之前中國電影的主要特徵，雖然表演觀念更新了，新一代演員不會再重複前輩的表演，但我們至今看趙丹、崔嵬、王曉棠、龔雪，並不覺得他們表演過火，反有一種敞亮的好看。

精氣神足，便會有另一種電影。

問過醫院的按摩大夫，療程以病人不厭煩了，為結束標準。身體好了，還按，就覺得不舒服。邏輯劇情和視聽熱鬧，相當於舒筋活骨，但筋骨好的人會覺得不耐煩。

九十年代之前，國人筋骨好，瞅美片瞅港片，就是瞅個新鮮，真覺得不耐煩，看過一份赴南極考察船的報告文學，船上備了大量香港武打片錄像，人人都煩死了。

我這一輩人現今已骨衰筋疲。另一種電影，成了個念想，知在我輩不可能復現。

看書法歷代留跡，透著一股「腦力健」的氣魄。腦力健，所以說事的小說是下等，不耐煩於事，要抒情，所以詩歌地位高，也因為腦力健，對現實的觀察力和判斷力強，所以不耐煩編造，要寫史。

中國小說的敘事傳統，齊如山講，許多文人為了讓自己的詩流傳，才寫小說的，所以古典小說中插的詩詞多，寫小說為走私。

史，有正史（國事）、族譜（家史）、縣志（地區史）、個傳合集（僧道史），地位均比小說高，一些文人的地位輪不到寫史，寫小說是為了證明自己的史學修養，高檔茶館裡的說書，不是評書演義，而是「講古」，講古是說史，得有真學識。

小說是為照顧小市民階層，談奇說怪，偏頗玩藝，對時代沒有概括性，也不是真性情，所以跟詩、史相比，地位低。明亡遺民，志志不忘修《明史》，亡國了，便要求個概括性——

這都是需要腦力的。

不言而喻的，便不需要再注釋說明了，所以省略為詩、史的美學。一些漢代儒家經典、唐代道家經典的注釋和清代小說的眉批，往往是為了搗亂，混淆視聽，將真意隱蔽。

古人以減省來營造意境，說滿說顯了，便無意境。不是猜謎，謎底是單一的，而營造意境是為了讓人有更多體會。可惜現今人拒絕體會，只求告知。

於是敘事傳統不成立了，敘事者迎來了時代變局，我們不需要羅貫中講什麼「浪花淘盡英雄」，只需他告知好人壞人；也不需要曹雪芹講什麼「還淚祭花」，只需他告知誰跟誰睡了。

現今，對一個導演的批判語，往往是「他沒有能力講一個完整故事」，而不是八十年代的「他沒文化」。

其實我們追求好萊塢故事模式三十幾年了，一個導演身邊聚集了那麼多編劇能人，故事基本是環環相扣，因果明顯得都搶眼了，為何還被說成漏洞百出？

因為沒有理念的電影，總是漏洞百出的，觀眾得不到終極滿足感。沒有精神實質，電影批評也成了邏輯遊戲，進入純智力遊戲階段，大家就容易迷失。遊戲廳裡的孩子，明知無聊，也總是玩不完的。

電影成了電子遊戲，開始是精神亢奮，最終變成了智力體力的消耗，消耗成了最終目的。消耗帶來消費，所以電影市場可以維持下去。

另一種電影，在情節上是敢於偷工減料，在人物上敢於不掏心掏肺，卻因為有一個開闊心胸的理念、有一份值得辨析的真情，卻讓人覺得完整。

情節的完整並非完整，人物行動的心理依據也非依據。完整，對於觀眾而言，是心緒滿足，而不是技術達標。

就國畫而言，近乎無人的《谿山行旅圖》的地位遠比人滿為患的《清明上河圖》地位高，在於一個是心緒，一個是頭緒——生活的各種頭緒；而心緒則是生命品質。

敘事藝術，不管小說電影，首先滿足的是求生欲望——以何種品相生活下去？

人民不答應

大學上的第一堂劇作課，是謝飛老師推著他的二八大車，帶全班同學去菜市場觀察生活。

老師們騎自行車的時代過去後，對現今的敘事藝術，也愈來愈不能理解。例如，學藝期受的教育，是「口是心非」方為語言，現今以此原則寫就的得意之筆，常遭詬病，要求做出「再直白些」的修改。

提出反抗，會遭到「看不懂」的回擊——這個概念，很像六十年代的「人民」一詞。「看不懂」和「人民不答應」，這一對話語，可以摧毀一切。在我閱讀的範圍裡，還沒有看到一個聰明人能想出應對的話。

在一個「再直白些」的年代，藝術觀念發生著巨變，如能變出新東西也好，但百年歷史裡的巨變，往往只是變沒了。

我這一代人的大學教育嚴重貶值，甚至是負值，已成型的審美趣味成為生存的障礙。音樂、美術、文學等藝術門類，對於受眾，是有要求的，即是有審美素養的人，回想第一次入音樂廳、第一次入畫廳，必有忐忑。

可悲的是，我們的師輩把小說、電影設定到繪畫、音樂的高度。現今，市場的多數操縱者們將讀者觀眾設定為無知無識的人。商業霸權體現在以最低標準辦事，最低標準下，無理可講。

小學受到的義務教育，大眾都是聰慧、有道德、有思想者，所以推翻統治階級是合理的。而今的讀者觀眾定位，則將大眾定位為愚蠢、粗俗、無要求的一群人，沒理由推翻任何東西。

大眾的定義變了，敘事的定義也變了。八十年大陸的電影觀念，完成了法國紀實美學和蘇聯詩電影的融合，從學理上講，兩者是融不到一塊去的，而是二者激活了國人原有的審美，藉二者說事，在劇作法和影像上皆有創舉，格調之高，原本有日本戰後電影黃金期的跡象，建立起民族電影語彙、出現眾多個人成就者。

才子無傑作，是文藝之哀。有才華者的探索之路，往往被生硬打斷。經濟的摧毀性，大於政治。

日本電影黃金期，基於社會要重建民族自信的心理，尋找民族優質，成為最大的商業元素。日本也有此傳統，一九〇四年日俄戰爭前夕，忙忙叨叨地偽造了武士道，一路增強，而之前，武士是低級官僚，大眾崇拜的是中國人和自稱有劉邦血統的日本貴族。

日本沒有武士傳統，從他們的武聖——宮本武藏寥寥無幾的歷史記錄，便可看出，那是一個被歷史忽略不計的人，小人物。偽造武士道，只為給傳統文化找一個向大眾傳播的載體。總之，他們成功了，確立了民族優質。

而八十年代至今的電影實踐，則是以抹殺民族優質為前提的，一直在學港片、美國片裡的商業元素，我們如此熱衷於元素，出現了《電影元素》、《戲劇元素》等流行書，只顧偷招，總愛找現成便宜，放棄了思索和傳統。

加上我們百年來的習慣動作，不是確立民族優質，而是詆毀民族優質，五四以來的名人，都在做民族批判。幾位導演有建立民族優質的自覺，但上上下下都沒有這個需求，沒有大方向的共識和熱情，也就無力了，整體迷失。

八十年代有一場非常奇怪的文藝論戰，文藝片和商業片之爭。兩個概念，本沒什麼好爭的，也是藉二者來說事，從文字記錄上看，師輩們之所以熱烈歡迎商業片時代到來，是企圖藉市場勢力，為創作爭取更大空間，想在「商業原則」下藏身，以「觀眾不答應」為自己撐腰。

可惜滾滾而來的商業，如此低端，辜負了純真善良的師輩們的厚望。

「人民不答應」的話語權，落在了商家手裡，資方和製片方往往具備「比你更懂電影」的姿態，是現今影視圈的常態。好萊塢的電影體系，導演多是執行導演，劇本定型權、剪接權和選角權在製片人手裡——創作者受壓制，是有雄厚理論依據的，他們喜歡這樣。

但我們整體上還不是好萊塢，美國也非世界唯一標準。清末以來，對國外理論斷章取義，是人們為自己謀權謀利的主要手段，比如晚清重臣張之洞就認為，春秋時代的百家爭鳴，不是思想自由，而是諸子故作偏激，他們博名謀利，在錯亂學問。

人人謀私利的時代，是沒有學問的。而一個沒有學問的時代，不可能有文藝，也不可能有真正的商業，只會貪污，算什麼商業？

敘事藝術是個什麼東西呢？是文化的最低台階，二戰結束後，巴贊（André Bazin）感慨，壞了，才幾年時間，法國青年沒文化了，趕緊辦電影沙龍，視為恢復法國文化的一步棋。

他高抬電影，是在法國沒文化的大前提下。我們不用把電影抬得那麼高，但也得明白最低的台階也是個台階。敘事藝術裡最大的商業元素，是心靈需求，對思想性的追求、對審美形式感的追求——好萊塢的明星理念屬於形式感的一部分，大牌明星都以時代新人、新審美代言人的姿態出現，不單是長得漂亮。

導演和劇作的本質，是形式感的藝術，但我們總是以外行的眼光學好萊塢，以明星多寡、老套橋段的成功率，來詆毀形式感更新。電影是世俗藝術，世俗不等於庸俗，世俗是要自我演進和自我沉澱的，把握住這個脈，才能體現製片人和導演的專業性。

或許，現今的電影不需要專業？

我們跟世俗總有一層隔閡，總做內心最不需要的東西，然後稱之為商業片。那麼，資方、製片方「再直白些」的要求，就可以有一個合理的解釋——現今的電影不是電影。

是明星秀、清涼秀、堂會？

敘事藝術的本質是研討一個「以何種品相活下去」的問題，重要的是品相，在一個「好死不如賴活著」的地域，敘事藝術是不存在的，只能寫寫抒情散文。俞平伯認為《紅樓夢》是二流小說，引起諸方震怒，不知老先生指的是什麼。

十年來，古裝大片的答案都是「賴活者稱霸世界」，今年的《銅雀台》做出有力總結，連曹操都不耐煩地死了，存活的都是小人。十年，我們沒能想出一條活路。活，而無方式要求，即為賴活。

需要解釋一下「口是心非，方為台詞」，這是從生活經驗裡提煉出的藝術原則。生活裡，人人皆口是心非，即便用意是真實的，用詞也經過了偽飾，因為人跟人交往是有分寸感的，畢竟不是自己跟自己說話。

台詞，即是打折。通過被扣掉的部分，我們得到了更多的信息，得以測知人物關係、處境、內心強度，情節演進上，也有了多重層次。

讀小說看電影畢竟不是看犯人供詞，半猜半矇，才是敘事——而這種傳統，在現今是不成立的，現今的電影「美學」要求，內心、用意、用詞三者高度統一，台詞只反映單一的信息，人物跟人物之間都呈現撕破臉之後的吵架詞彙——直指人心，方為好台詞。

好的標準，是「這下看懂了」。其實劇本審定者，往往沒有看劇本的能力，劇本是不完善的文字形式，專供內行人看的，因為內行人有共識，有補充想像的專業能力。畢竟電影的最終形態是視聽，不是文字。

而一個劇本，常人能看懂的信息，就是台詞了，外行的劇本審訂者，便會要求從台詞上看出一切，否則就是表達不清，劇本沒水平。要一個局部性的東西，承擔起整體，是沒法完成的任務。

但劇本審定者有製片方賦予的權力，劇作家為早點拿到片酬，只好曲以委蛇，寫下直指人心的台詞。一旦以這種台詞作為影片拍攝的前提，導演工作會陷入巨大麻煩，每一個合理的修動，都會變成不尊重製片，最終屈服的總是導演。

明明一個會造成商業後果不良的東西，被說成了商業保障，導演為拯救影片的修改，變成了商業冒險——導演沒法負這個責任。

電影是群體合作的藝術，歷史證明，交流的成本過高後，便是一場哄鬧。

西方文學批評習慣，愛說大作家有宗教背景。但丁是天主教，莎士比亞是中古巫術傳統，彌爾頓是基督教，波赫士是天主教異端諾斯底教派，喬伊斯是摩尼教，卡夫卡是新猶太教神祕主義……

那是在他們作品中被減省的。用佛洛伊德理論寫小說和拍電影，是六、七十年代的流行風氣，是直講的，如希區考克的《驚魂記》。波赫士說：「在佛洛伊德那裡，世上的一切都簡化成少得可憐的幾個童年陰影。」

直講了，便少得可憐了。但，人民答應了。

書中作品創作日期

師父——二〇一二年五月二十四日（二〇一五年改拍成同名電影）

國士——二〇一二年十一月十二日

刀背藏身——二〇一三年二月二十六日完稿，同年五月十一日改定（二〇一七年改拍成同名電影）

倭寇的蹤跡——二〇〇三年三月（二〇一一年改拍成同名電影）

民國刺客柳白猿——二〇〇四年一月

柳白猿別傳——二〇〇五年六月（二〇一二年改拍成電影《箭士柳白猿》）

黎明即起——二〇一三年三月十五日

人民不答應——二〇一三年三月十五日凌晨

R82
刀背藏身——徐皓峰武俠短篇集

作者：徐皓峰
編輯：林怡君
設計：林育鋒
校對：夏李繼芳、丁名慶

出版——大塊文化出版股份有限公司
台北市105022南京東路四段25號11樓
www.locuspublishing.com
讀者服務專線：0800-006689
TEL：(02)87123898
FAX：(02)87123897
郵撥帳號：18955675
戶名：大塊文化出版股份有限公司

法律顧問：董安丹律師、顧慕堯律師

總經銷——大和書報圖書股份有限公司
地址：新北市24890新莊區五工五路2號
TEL：(02) 89902588
FAX：(02) 22901658

初版一刷：2017年10月 定價：新台幣320元
初版三刷：2022年6月
ISBN：978-986-213-832-8

刀背藏身：徐皓峰武俠短篇集／徐皓峰作.
—初版. —臺北市：大塊文化, 2017.10
300面；14.8 X 21公分；ISBN 978-986-213-832-8（平裝）
857.9 106016223